W0360915

Klaus-Peter Becker

Alle Hoffnung

und

Liebe

Authentischer Roman

Impressum

Scheffler-Verlag
Herdecke 1995

Umschlaggestaltung: Sabine Stephan, Hattersheim

Becker, Klaus-Peter
Alle Liebe und Hoffnung: authentischer Roman

ISBN 3-929885-13-1

Vorwort

Das Buch gibt eine wahre Begebenheit wieder. Lediglich die Namen wurden zum Schutz der Beteiligten geändert.
Ich habe Jennifer Porter und Mark Ryan kennengelernt, als sie mich aufsuchten und Ratschläge wollten, weil ich meine eigene Krebserkrankung überwunden und darüber ein Buch geschrieben hatte.
Auch nach diesem Besuch blieben wir in Verbindung, und ich habe ihren gemeinsamen Kampf gegen den Krebs aus der Ferne begleiten können.
Ihr Schicksal hat mich sehr bewegt.
Mit Jennifers Einverständnis und auf der Grundlage ihrer Berichte habe ich diese ungewöhnliche Liebesgeschichte niedergeschrieben.

Im Herbst 1989

Klaus-Peter Becker

I

Das St. Elizabeth Memorial Medical Center in Plainville liegt inmitten gepflegter Rasen in einem weiträumigen Parkgelände. Die einzelnen Klinikabteilungen sind in getrennten Gebäuden untergebracht, zwischen denen schmale Wege von einem Trakt zum anderen führen. Viele Bänke entlang der Wege laden Patienten und Besucher zum Ausruhen ein. Innerhalb der Rasen sind blumengeschmückte Beete in kunstvollen Formen angelegt, dazwischen wiegen hohe, dichtbelaubte Kastanienbäume ihre Wipfel im leichten Frühlingswind, und Eichhörnchen treiben überall auf den Ästen ihr unermüdliches Spiel.
Um auch bei schlechter Witterung die einzelnen Abteilungen ohne Schwierigkeiten erreichen zu können, sind alle Gebäude zusätzlich durch überdachte Gänge miteinander verbunden. Das Zentrum aller Baulichkeiten bildet eine kleine Kapelle mit einer kupfernen Kuppel, wo an jedem Sonntagvormittag ein Gottesdienst vor allem für die Kranken abgehalten wird.

Ich war eine der jungen Neuschwestern und gehörte erst seit wenigen Monaten zum Personal. Das St. Elizabeth Memorial war weit über die Grenzen Plainvilles hinaus bekannt und berühmt, und selbst für einen Arzt, der gute Zeugnisse vorzuweisen hatte, war es keine einfache Sache, an dieser begehrten Institution einen Platz zu finden. Auch beim Pflegepersonal bestanden strenge Auswahlkriterien, deshalb war ich richtig stolz gewesen, als ich das Aufnahmeexamen, das die Klinik über den staatlichen Qualifikationsnachweis hinaus zusätzlich verlangte, unter vielen Bewerberinnen als eine der Besten bestanden hatte.
In den ersten Wochen wurden wir Neuschwestern zunächst in Einführungslehrgängen mit der Verwaltung sowie den Besonderheiten der Klinik vertraut gemacht. Nach dieser Schulung wurden wir auf verschiedene Stationen innerhalb des gesamten Hospitalbereiches verteilt. Ich wurde der Medizinischen Abteilung zugewiesen und trat dort auf der Station Osterberg meinen ersten Dienst an.
Schon am ersten Tag wartete eine Ernüchterung und Ent-

täuschung auf mich, die mich aller Illusionen der Schwesternschule beraubte: Professor Dr. Joseph Barkley nahm mich mit den Begrüßungsworten in Empfang, daß ich die Patienten zwar mit Hingabe pflegen, mich aber mit ihren privaten Sorgen und Problemen keinesfalls identifizieren solle. Das würde kein normaler Mensch lange aushalten, und nur Schwestern mit sehr großer innerer Stabilität und Härte seien auf einer Station wie Osterberg überhaupt zu gebrauchen. Damals hielt ich den Professor für unmenschlich. War es nicht, wie wir gelernt hatten, gerade auch die Aufgabe einer Schwester, sich der Probleme und Sorgen ihrer Patienten anzunehmen?

Schon kurze Zeit später, als ich ungefähr zwei Wochen Dienst auf der Station verrichtet hatte, war mir klar, was Professor Dr. Barkley gemeint hatte:

Es war eine körperlich und seelisch gleichermaßen schwere Arbeit, die auf Osterberg zu leisten war, und den Schwestern verlangte sie, vor allem im psychischen Bereich, fast übermenschliche Kräfte ab. Die Station Osterberg war nämlich für die Aufnahme und Behandlung von Patienten zuständig, die an Tumorerkrankungen litten.

Früher hatte ich angenommen, daß zumeist ältere Menschen auf einer Krebsstation behandelt würden. Ich hatte mir gar keine besonderen Gedanken darüber gemacht und war sehr überrascht, daß die Patienten, die ich nun auf der Station antraf, oft kaum älter waren als ich selbst, und ich war erst vor wenigen Monaten zweiundzwanzig Jahre alt geworden. Der älteste Patient, der gerade auf Osterberg lag, war fünfundvierzig Jahre alt, das jüngste Mädchen nicht einmal vierzehn.

Am ersten Tag, als ich Frank berichtete, daß ich der Station Osterberg in der Medizinischen Abteilung zugewiesen worden sei, hatte er spontan geäußert, daß man mir damit die schwierigste Aufgabe übertragen habe, die es für eine Krankenschwester überhaupt gab, und Frank mußte es wissen. Er studierte Medizin und hatte die meisten Abteilungen bereits durchlaufen. Augenblicklich arbeitete er drüben in der Chirurgie. Es war sein letztes Praktikum vor einer wichtigen Zwischenprüfung.

Ich kannte Frank schon fünf Jahre. Wir hatten uns auf dem

Empfangsball der Hale-Universität kennengelernt, einem beliebten Einladungsfest, auf dem wegen chronischen Mangels an Tanzpartnerinnen alle Mädchen ab achtzehn Jahre freien Eintritt genossen. Frank war damals zweiundzwanzig gewesen, aber es hatte ihn nicht gestört, daß ich mit meinen siebzehn Jahren eigentlich noch gar keinen Zugang gehabt hätte. Der Junge am Eingang hatte jedenfalls gegen ein Lächeln und wohl auch auf Anweisung seiner Kommilitonen die Kontrolle nicht sehr genau genommen und alle Mädchen, soweit sie nach seiner persönlichen Beurteilung hübsch waren, durchgelassen. Durch Frank war ich auf den Schwesternberuf aufmerksam geworden, ich hatte mich dafür näher zu interessieren begonnen, und bald stand für mich fest, daß ich nichts anderes mehr werden wollte.
Kurz vor Weihnachten hatten wir uns dann im Einverständnis unserer Eltern verlobt. Unsere Hochzeit war vorgesehen, sobald Frank sein letztes Examen bestanden haben würde.
Natürlich war es eine optimale Lösung, daß wir beide im St. Elizabeth Memorial Medical Center arbeiten konnten. So war es möglich, daß wir uns sogar während der Arbeitszeit sahen, jeden Tag beim Essen während der Mittagspause. Der zentrale Speisesaal für das Klinikpersonal lag im Gebäude der Chirurgischen Abteilung, und Frank richtete seine Essenszeit so ein, daß wir jeweils um eine bestimmte Zeit im Vorraum der Kantine aufeinandertrafen.
Nach einer festgelegten Regelung mußte ich mich zwar mit den anderen Schwestern auf Osterberg bei der Einteilung der Mittagspause abwechseln, weil immer die Hälfte des Arzt- und Pflegepersonals auch über die Mittagszeit auf der Station anwesend zu sein hatte, aber Frank konnte über seine freien Stunden frei verfügen.
"Steve will heute abend ins Kino. Gehen wir mit?" fragte er, als wir uns wie üblich vor dem Speisesaal trafen.
"Ja, es wird ein Science-fiction-Film von Spielberg gegeben. Den Titel habe ich vergessen, aber er soll jedenfalls große Klasse sein!" schwärmte Steve.
Ich überlegte. Eigentlich hatte ich nichts Besonderes vor. Ich nickte zustimmend.
"Wann fängt der Film an?"
"Um neun im Bluestar-Cinema. Aber wir sollten spätestens

eine halbe Stunde vorher am Eingang sein. Im Moment ist der Film ständig ausverkauft," sagte Steve.
Steve absolvierte wie Frank sein Medizinpraktikum im St. Elizabeth Memorial. Wir waren schon lange gemeinsam befreundet, und ich schlug vor, daß Steve und Frank am Abend bei mir vorbeikommen sollten. Ich wohnte in einem Appartementhaus ganz in der Nähe des Medical Centers. Die Wohnung war zwar nicht sehr geräumig, und die Möbel mußte ich in den kleinen Räumen eng zusammendrängen, aber die günstige Lage war ein nicht zu unterschätzender Vorzug und schließlich ausschlaggebend gewesen, daß ich das Appartement gemietet hatte. Insoweit hätte es nirgends eine bessere Alternative gegeben.
Um die Mittagszeit war der Speisesaal voll besetzt. Viele mußten warten, bis wieder Stühle an den Tischen frei wurden. Der Schichtbetrieb war allen ein Greuel. Doch das Essen war preiswert und schmeckte vorzüglich.
Frank und Steve unterhielten sich über eine neue Operationstechnik, deren Vorteil es sein sollte, daß nach der Wundheilung keine auffälligen Narben mehr zurückblieben.
Da es lediglich erlaubt war, eine Stunde von der Station wegzubleiben, mußte ich mich beeilen. Ich verabschiedete mich deshalb von Frank und Steve, die mehr Zeit hatten und in der Kantine noch etwas trinken wollten.
Um durch den Park zur Medizinischen Abteilung zurückzugelangen, brauchte ich bei normalem Tempo ungefähr zehn Minuten. Im Gegensatz zur übrigen Zeit des Tages waren über die Mittagsstunden fast ausschließlich Bedienstete auf den Wegen und Anlagen des Klinikgeländes unterwegs. Die Patienten befanden sich zum Mittagessen auf ihren Zimmern. Die Ärzte und Pfleger und Schwestern genossen die kurze Pause in den Strahlen der warmen Frühjahrssonne.
"Neil Williams muß Morphium haben," sagte Schwester Bonaventura, als ich auf die Station Osterberg zurückkam. "Er hat wieder starke Schmerzen."
Ansonsten gab es keine besonderen Vorkommnisse.
Schwester Bonaventura war die Oberschwester der Station und für alle Belange außerhalb der direkten ärztlichen Behandlung verantwortlich. Sie war die einzige Schwester, die einem kirchlichen Orden angehörte. Ihr Alter war wegen

der Ordenstracht nur schlecht zu schätzen, aber ich nahm an, daß sie vielleicht Mitte fünfzig war. In aller Regel war sie gutmütig und ausgeglichen, nur wenn ihre Anordnungen von den Schwestern nicht strikt oder genau befolgt wurden, konnte sie auch unnachsichtige Strenge zeigen.
"Ich bin spätestens in einer Stunde wieder zurück," sagte sie freundlich. Als Ordensschwester nahm sie das Essen nicht in der allgemeinen Kantine, sondern gemeinsam mit ihren Glaubensschwestern in einer getrennten Unterkunft ein.
Ich eilte sofort zu Williams in das Zimmer ganz am Ende des Korridors. Er hatte Leberkrebs in fortgeschrittenem Stadium und war bis auf unter vierzig Kilogramm abgemagert. Kalorienreiche Infusionen vermochten seinen Verfall nicht aufzuhalten. Alle Behandlungsmethoden kamen zu spät, und die Ärzte konnten ihm nur noch mit Morphium helfen. Trotz seiner Schwäche war sein Gesicht schmerzhaft verzerrt. Seine Hand suchte meine Hand und drückte sie wie ein Zeichen stummer Dankbarkeit. Als Schwester Bonaventura nach ihrer Mittagspause zurückkam, erzählte sie, daß Neil Williams zwei reizende Kinder habe. Er wolle aber nicht, daß sie ihn im Hospital besuchten, weil sie ihn in seinem schlechten Zustand nicht sehen sollten. Er wußte ganz genau, wie es um ihn stand, und seine Kinder sollten ihn in guter Erinnerung behalten. Am Nachmittag hielt Schwester Bonaventura es dann für besser, seine Ehefrau zu benachrichtigen. Er starb, noch bevor sie eingetroffen war. Neil Williams war erst achtunddreißig Jahre alt.

Steve hatte recht behalten. Spielbergs Film war Spitzenklasse. Nach dem Film gingen wir noch in Edmonds Spielclub am Madison Center, und Frank hatte eine sagenhafte Gewinnsträhne. Er war voller Ausgelassenheit, lud Steve und mich zum Trinken ein und lachte über jeden Witz, den ein Betrunkener am Nebentisch zum besten gab.
Ich konnte das Bild der Erschütterung nicht vergessen.
Ich dachte an die Frau, die jetzt in dieser Stunde ihren beiden Kindern beibringen mußte, daß sie ihren Vater nie mehr wiedersehen würden. Ich hatte die Frau bewundert, ihre Stärke und ihre Geduld, wenn sie ihren Mann besucht hatte. Die Frau hatte ihre Hoffnung nie aufgegeben. Heute war sie

zusammengebrochen, erst heute, als alles vorüber war.
Es war für mich der erste Fall, in dem ich dem Tod so nahe begegnet war. Ich hatte Neil Williams gekannt, seine Frau, er hatte mir seine Gedanken, seine Sorgen anvertraut, seine Hoffnungen, seine Zuversicht, zuletzt seine Resignation. Sein Sterben war nicht das anonyme Schicksal eines Patienten, eines Fremden, das mich unberührt ließ. Ich konnte mich nicht abschalten wie ein Gerät, das man einfach aus der Steckdose zieht.
Nur Schwestern mit Härte sind auf der Station Osterberg zu gebrauchen, hatte Professor Dr. Barkley gesagt.
Wie wahr!
Wir alle werden den Tod auf dieser Station noch häufig erleben, hatte Schwester Bonaventura mich zu trösten versucht.
"Ich werde verrückt, hast du das schon einmal erlebt, Steve? An einem einzigen Abend zweimal den Jack Pot!"
Frank rannte enthusiastisch an den Automaten, der flimmernd und flackernd und mit sirenenhaftem Getöse die ersehnte Serie anzeigte.
"Das gibt mindestens zwanzig Dollar, Jennifer!" jubelte er.
Ich mußte endlich das Bild aus meinen Gedanken vertreiben. Der Professor hatte recht. Schwester Bonaventura hatte recht. Wenn ich jetzt schon am Tod eines Patienten Anteil nahm, wie wollte ich dann erst die vielen künftigen Tode meiner Patienten unbeschadet überstehen?
"Mensch, Jennifer, du freust dich ja überhaupt nicht! Ich werde dich am Gewinn zur Hälfte beteiligen, verstehst du? Du hast also in diesem Augenblick mindestens zehn Dollar gewonnen und könntest mir gefälligst den Daumen drükken!"
"Ist irgend etwas mit dir los?" fragte Steve. "Du wirkst heute abend so abwesend."
"Nein, nein," wehrte ich ab. "Ich bin nur ein bißchen abgespannt. Der Tag war ziemlich schwer für mich."
"Laß nur, Steve," rief Frank gutgelaunt, "Frauen sind manchmal eben recht eigentümliche Wesen! Wenn der Reichtum über sie hereinbricht, werden sie plötzlich sentimental. Das soll ein vernünftiger Mann noch verstehen!"
Der Spielautomat klingelte und warf eine Menge Geldstücke

aus.
Steve gesellte sich interessiert hinüber.
Später, als Steve gegangen und ich mit Frank allein war, erwähnte ich beiläufig, daß ein Patient, den ich gut gekannt hatte, heute gestorben sei, und ich müsse nun ständig an die Frau und seine Kinder denken.
Frank lachte.
"Du meine Güte, Jennifer, ich habe schon so viele Patienten sterben sehen! Wenn du jedes Mal persönlich mitleiden willst, mußt du deinen Beruf aufgeben! Ich zwinge mich eben, nur den Blinddarm oder den Magen oder den komplizierten Knochenbruch zu sehen, sonst gar nichts. Es ist ganz gut, daß man das Gesicht des Operationsopfers mit einem Tuch verhängt. Der Mensch würde nur ablenken, nicht seine Person, nur sein Leiden ist wichtig."
"Und wenn er stirbt?"
"Dann haben wir nicht helfen können, obwohl wir das Beste versucht haben."
"Der Fall ist abgeschlossen. Der nächste bitte."
"Ja, so ähnlich, auch wenn es grausam klingen mag," sagte Frank.
"Ich kann als Schwester aber den Menschen nicht mit einem Tuch abdecken, Frank. Ich sehe in sein Gesicht, ich muß mich mit ihm unterhalten, ihm zuhören, ihm Mut zusprechen."
"Du sollst ihn doch nur gesund pflegen, mehr nicht! Alles andere ist überflüssiger Ballast. Dafür sind seine Angehörigen da...," dozierte Frank.
"Und wenn jemand gar keine Angehörigen mehr hat? Oder wenn sie ihn niemals oder nur selten besuchen? Und wenn sie sich für seine Sorgen überhaupt nicht interessieren?" fragte ich.
"Wir sind zur Beseitigung von körperlichen Leiden berufen. Das ist Aufgabe und Belastung genug."
Ich konnte Franks Einstellung nicht akzeptieren.
"Nein, die andere Betreuung ist genauso wichtig, vielleicht sogar noch wichtiger als Operation und Medikamente. Man muß auch auf den Patienten eingehen, seine Ängste anhören, an seinen Sorgen teilnehmen. Auch das ist eine Therapie..."
"Oh, Jennifer!" rief Frank ungläubig, "da bist du auf einer

Station wie Osterberg aber wirklich fehl am Platz! Dort kannst du dein Privatleben doch nur retten, indem du dir die Patienten bei der Einlieferung als Zimmernummern merkst und sie bei der Entlassung - so oder so - gleich wieder aus deinem Gedächtnis streichst! Das hört sich zwar hart an, aber nur so wirst du ohne Schaden über die Runden kommen!"

Obwohl ich eingestehen mußte, daß Frank bei nüchterner und realistischer Betrachtung wahrscheinlich die überzeugenderen Argumente auf seiner Seite haben mochte, konnte ich in der Nacht kaum schlafen. Neil Williams Tod verfolgte mich bis in meine Träume.

II

Ich saß im Schwesternzimmer und war gerade dabei, Medikamente für die Patienten in einzelne Schälchen zu verteilen, als ich in meiner Arbeit gestört wurde.
In der offenen Tür stand ein junger Mann, und in seiner Begleitung befand sich ein blondes Mädchen.
Ein neuer Patient, vermutete ich, denn er trug eine vollgepackte Reisetasche bei sich und schaute sich zögernd und unsicher um. Mit der Zeit entwickelte ich ein Gefühl für Neuankömmlinge. Besuche waren trotz der ansonsten großzügigen Regelungen zu dieser frühen Vormittagsstunde noch nicht zugelassen.
"Entschuldigen Sie bitte, sind Sie die Stationsschwester?"
"Nein," sagte ich, "Schwester Bonaventura geht augenblicklich mit dem Professor durch die Krankenzimmer. Um diese Zeit ist Visite. Sie müssen noch ungefähr eine halbe Stunde warten."
Unschlüssig sah der junge Mann seine Begleiterin an.
"Sie können mir aber Ihre Aufnahmepapiere schon geben," fuhr ich fort. Ich nahm die Unterlagen, die er in der Hand hielt, entgegen und führte die beiden dann über den Gang zu einem offenen Aufenthaltsraum, in dem bequeme Sitzmöbel standen.
"Hier können Sie gern warten, bis die Visite beendet ist," sagte ich freundlich. "Ich werde Schwester Bonaventura Bescheid sagen, daß Sie warten, sobald sie von der Visite zurückkommt."
"Danke," sagte der junge Mann.
Ich ertappte mich, daß ich mehr als ein Gefühl des Mitleids empfand. Ich wußte, was die Patienten erwartete, die auf die Station Osterberg geschickt wurden. Ich kannte die Behandlungsmethoden, den immer wiederkehrenden Ablauf, die Torturen. Das Gesicht des jungen Mannes sah zwar ein bißchen blaß aus, ansonsten aber wirkte er gesund, und sicher war er ahnungslos.
Ich öffnete den Umschlag seiner Papiere und stellte fest, daß die Überweisung von der Chirurgischen Abteilung kam. Dann suchte ich sofort den Vermerk der ärztlichen Diagnose.

M. H. stand dort.
Ich kannte den Begriff nur allzu gut, und ich wußte, wie die Eintragung in vollen Worten lauten mußte:
Morbus Hodgkin.
Viele Krankenblätter auf der Station trugen denselben Vermerk oder auch die Eintragung *Lymphogranulomatose.* Sie bezeichnete eine bösartige Erkrankung des Lymphsystems, deren Ursache niemand kannte und die gerade junge Männer besonders häufig befiel.
Neugierig las ich die Personalien.
Der junge Mann hieß Mark Oliver Ryan und stammte aus Hyannis Port. Als Beruf hatte er Student angegeben. Er studierte an der Hale-Universität in Plainville. Nach seinem Geburtsdatum war er nur zwei Monate älter als ich. Da er noch ledig war, so mutmaßte ich, mußte das blonde Mädchen an seiner Seite wohl seine Freundin oder seine Verlobte sein.
Kannte Mark Ryan seine Diagnose, und wenn es so war, wußte er, was sie bedeutete?
Als ich die Medikamente auf die verschiedenen Schälchen verteilt hatte, brachte ich sie nacheinander auf die Krankenzimmer.

Es fiel mir auf, daß Mark Ryan kaum ein Wort sprach. Er saß stumm in seinem Sessel und beobachtete etwas abwesend von seinem Standort aus das Treiben auf der Station.
Das Mädchen blätterte schweigend in einer Zeitschrift.
Schwester Meredith eilte mit einem Tablett voller blutgefüllter Reagenzgläser auf dem Korridor vorbei.
"Ich bringe die Blutentnahmen hinüber ins Labor!" rief sie mir zu.
Meredith war bereits mehrere Jahre auf der Station Osterberg tätig und die Stellvertreterin Schwester Bonaventuras.
Nach der Visite wies ich Schwester Bonaventura sogleich darauf hin, daß ein neuer Patient gekommen sei und auf dem Gang draußen warte.
"Ja, ich weiß," sagte sie, "die Chirurgie hat heute morgen angerufen und ihn angemeldet."
Professor Dr. Barkley war mit Oberarzt Dr. Lindbergh sowie einigen Assistenzärzten vor dem letzten Kranken-

zimmer stehengeblieben und diskutierte einen der besonders schwierigen Fälle.
"Du kannst den neuen Patienten hereinholen," sagte Schwester Bonaventura.
Ich lief hinaus zu der Sitzecke und forderte Mark Ryan auf, ins Stationszimmer zu kommen.
Während Schwester Bonaventura die Formulare für die stationäre Aufnahme ausfüllte, trat auch Professor Dr. Barkley dazu. Er überflog die Unterlagen seines Kollegen aus der Chirurgischen Abteilung und überlegte einen Augenblick.
Das Osterfest stand bevor, und die meisten Patienten, die nicht bettlägerig waren, durften über die Feiertage nach Hause gehen. Nur für Notfälle war ein Bereitschaftsdienst eingerichtet.
"Wir brauchen zuerst einmal Schichtaufnahmen," wandte sich Professor Dr. Barkley an Schwester Bonaventura. "Schreiben Sie eine Überweisung für die Röntgenabteilung. Und auch die Lymphographie soll heute noch durchgeführt werden. In der nächsten Woche können wir dann sofort mit der Behandlung beginnen."
Schwester Bonaventura schrieb die Anordnungen des Professors mit und legte ihm dann die Formulare zur Unterschrift hin.
"Mark wird in Zimmer E 14 untergebracht. Dort ist ein Bett schon vorbereitet," bestimmte sie.
Das Zimmer E 14 lag dem Stationszimmer genau gegenüber ungefähr in der Mitte des langen Ganges. Ich führte Mark hinüber und sah ihn aufmunternd an. Dabei hatte ich immer noch den Eindruck, daß er die Geschehnisse um ihn herum gar nicht bewußt wahrnahm. Schwester Bonaventura sagte, daß er ins Stationszimmer zurückkommen solle, sobald er seine Sachen eingeräumt habe.
Ich öffnete die Tür, und Mark und das blonde Mädchen, das inzwischen wieder neben ihm stand, traten gemeinsam ein.
Alle Krankenzimmer auf der Station Osterberg waren gleichermaßen ausgestattet: vier Betten, ein großer Schrank, ein Waschbecken hinter einem Vorhang, ein Tisch mit Stühlen.
Zwei große Fenster zeigten auf den Park hinaus und auf hohe, nicht weit entfernte Kastanienbäume.
Das Mädchen begann, Marks Reisetasche auszuräumen, und

ordnete seine Kleider in die Fächer des Schranks, die noch leer waren. Die Zahnbürste und einen Rasierapparat stellte sie auf das Bord über dem Waschbecken.
Ich hörte, daß sie Carol hieß.
"Die anderen Patienten, die hier liegen, sind über Ostern bereits nach Hause gefahren," erklärte ich. Ihre Betten lagen unberührt.
Als Carol mit dem Auspacken fertig war, ging Mark mit ihr über den Korridor ins Stationszimmer zurück. Schwester Bonaventura war mit irgendwelchen Schreibarbeiten beschäftigt.
"Hast du dich zurechtgefunden?" fragte sie freundlich, ihre Arbeit unterbrechend.
"Ja," sagte Mark. Er schien immer noch geistesabwesend und nahm wortlos die Papiere, die Schwester Bonaventura ihm in die Hand drückte.
"Schwester Jennifer wird dir den Weg zur Röntgenstation gern zeigen," fuhr sie lächelnd fort.
"Ja, natürlich," bestätigte ich.
Ich ging Mark und Carol voraus die Station Osterberg entlang. Dann durchquerten wir mehrere weitere Gänge, bis wir eine riesenhafte Halle erreichten, die wie ein Wartesaal aussah, mit Tischen und Stühlen und einer Uhr, wie sie auch in vielen Bahnhöfen vorzufinden war. An einer Seite führten über fünfzig Türen zu den einzelnen Röntgenkabinen.
An der Stirnseite der Halle befand sich eine Art Empfang, eine ringsum verglaste Kabinenkuppel, und ich erläuterte Mark, daß er dort seine Überweisung abgeben müsse.
Gehorsam reichte er die Papiere, die Professor Dr. Barkley zuvor unterschrieben hatte, an die Schwester in der Empfangskabine weiter. Sie trug einen weißen Kittel und hatte ihre Haare in einem festen Knoten hinter dem Kopf zusammengebunden. Eine randlose Brille trug dazu bei, daß sie streng wirkte. Auf ihrem Schreibtisch lagen mehrere verschiedenfarbige Kugelschreiber. Sie schrieb unablässig wie eine Maschine.
Mark fiel auf, auf wieviele Kleinigkeiten er achtete. Er war keineswegs mehr geistesabwesend. Manche Dinge hätte er früher gar nicht wahrgenommen, oder er hätte darüber hinweggesehen, weil sie absolut unwichtig waren. Jetzt aber

interessierte ihn plötzlich alles, und es gab nichts Unwichtiges mehr in dieser Umgebung. Die Schwester der Röntgenstation lächelte ihn freundlich an.
"Nehmen Sie bitte Platz, Mark, bis Sie aufgerufen werden. Es wird aber einige Zeit dauern."
Ich mußte mich verabschieden, weil andere Patienten auf mich warteten. "Wenn Sie fertig sind, melden Sie sich bitte sofort auf der Station zurück," sagte ich.
Mark nickte.
Während ich über den Gang zurückging, auf dem wir vorher gekommen waren, hatte Carol zwei freie Stühle an einem Tisch gefunden. Die Bahnhofsuhr zeigte kurz nach Mittag, aber es gab keine Pause. Der Röntgenbetrieb lief ohne jede Unterbrechung weiter.
"Nun sitze ich in der Mühle mittendrin," sagte Mark, und es klang pessimistisch und resigniert.
Vor fünf Wochen hatte er an ein Hospital noch nicht einmal im entferntesten gedacht, doch seither hatten sich die Ereignisse überschlagen und dramatisch bis zu diesem Augenblick zugespitzt.
Er zog ein kleines, lederbezogenes Buch aus der Jackentasche und schrieb. Vor vier Wochen hatte er damit begonnen. Früher hätte er Tagebuchaufzeichnungen als Albernheiten kleiner Mädchen abgetan. Jetzt aber beschrieb er alle Ereignisse mit pedantischer Genauigkeit. Er war bemüht, keine Winzigkeit auszulassen, das Schreiben war wie ein Drang, die Entwicklung erschien ihm unvorstellbar.
Er hätte nicht erklären können, warum er mit dem Schreiben eigentlich angefangen hatte, aus irgendeinem Grund erschien es ihm eben wichtig. Vielleicht konnten seine Aufzeichnungen irgendwann einmal von Bedeutung sein, für ihn selbst oder für andere. Seine Gefühle schwankten noch zwischen Angst und Ungläubigkeit.
Gestern hatte er auf der Chirurgischen Abteilung zum ersten Mal die Bezeichnung seiner Krankheit gehört, einige Dinge erfahren, die damit zusammenhingen. Aber die volle Tragweite des Befunds, den Dr. Salomon ihm mitgeteilt hatte, zusammen mit der Überweisung auf die Station Osterberg und der Erklärung, daß er gute Aussichten habe, war ihm nicht klar, und die Ernsthaftigkeit der Situation vermochte

er erst recht noch nicht in vollem Umfang zu begreifen. Er blätterte über die Seiten zurück, die er schon vollgeschrieben hatte, und überlas noch einmal seine erste Eintragung. Es war schon unglaublich, wie sehr sich sein Leben in dieser kurzen Zeitspanne verändert hatte.

Die ersten Zeilen. Er kann sich noch ganz genau an den Tag erinnern. Die Eintragung hat er am Abend vorgenommen:

Es ist beim Volleyballtraining passiert. Im dritten Satz. Plötzlich wurde mir übel und schwarz vor den Augen. Ich mußte aus dem Spiel gehen und mich auf die Bank setzen. Doch es wurde nicht besser. Der Trainer dachte, es sei der Kreislauf, und sie brachten mich ins Anderson Hospital. Die Ärzte haben mir Blut abgenommen und mich geröntgt. Für meine Übelkeit haben sie keine Erklärung. Außerdem bin ich merkwürdig müde. Vorhin hat mich Carol in der Klinik besucht. Wahrscheinlich muß ich ein paar Tage zur Beobachtung hierbleiben.

Inzwischen weiß er, daß sich die ersten Anzeichen seiner Erkrankung schon monatelang vorher gezeigt hatten. Nur hatte er sie nicht ernst genommen.
Mark war Mitglied in der Volleyballmannschaft der Hale-Universität. Im vergangenen Jahr hatten sie den dritten Platz bei den Hochschulmeisterschaften geholt. Er hatte nie Probleme mit seiner Kondition gekannt. Irgendwann im Herbst fing es dann an, daß er sich nach dem Training in seinem Zimmer hinlegen mußte. Das war höchst ungewöhnlich. Nach dem Duschen hatte er sich normalerweise immer sofort wieder frisch und erholt gefühlt. Doch die Müdigkeit nahm noch zu, und das Training kostete ihn mehr Kraft und Willensanstrengung als früher. Trotzdem fühlte er sich nicht krank. Die scheinbar nachlassende Kondition spornte ihn im Gegenteil an, das Training noch zu verstärken, und er verlangte sich noch größere Leistungen ab als vorher. Er quälte sich durch das Training und die Spiele hindurch, ohne sich etwas anmerken zu lassen. Bis zu seinem Zusammenbruch hatten weder der Trainer noch die Mannschaft irgend etwas an ihm zu bemängeln gehabt.

Weil er keine richtigen Beschwerden oder Symptome hatte, wie sie beispielsweise bei einer Erkältung mit Schnupfen oder Husten auftreten, hatte Mark auch nicht das Gefühl, daß ein ernstliches Problem auf ihn zukommen könne. Er vermochte nur allgemeine Erklärungen abzugeben, und im Grunde genommen schien ihm nichts zu fehlen. Dennoch war irgend etwas nicht in Ordnung mit ihm, das fühlte er genau.

Die Ärzte im Anderson Hospital stellten ihn wirklich auf den Kopf, doch sie fanden nichts. Auf den Röntgenaufnahmen war nichts zu sehen, und das Blutbild zeigte zwar einige Abweichungen, war insgesamt aber nicht sehr besorgniserregend.

Dann traten plötzlich die zwei Knoten auf, einer auf der Brust und der andere unter der rechten Achsel, das war schon ein bedrohlicheres Zeichen, und die Ärzte beschlossen, einen der Knoten herauszuholen und untersuchen zu lassen. Sie überwiesen ihn, weil die Knoten ungünstig lagen und nicht einfach zu entfernen waren, an die Experten der Chirurgischen Abteilung des St. Elizabeth Memorial Medical Centers. Dort wiederholte Dr. Salomon alle Blutuntersuchungen und alle Kontrollen von vorn, und nach einer Woche operierte er den Knoten auf der Brust schließlich heraus.

Nach der Operation erklärte er, daß die Wucherung aus sechs ineinandergewachsenen eitrigen Knoten bestanden habe, und jetzt komme alles auf die Untersuchung an, man müsse den Bericht des Pathologischen Instituts abwarten.

Die Zeit danach, bis der Untersuchungsbericht eintraf, schien endlos dahinzukriechen. Mark beschlich aus unerfindlichen Gründen eine ungute Vorahnung. Er äußerte Carol gegenüber zum ersten Mal seinen Verdacht, daß er Krebs haben könne. Sie versuchte ihm die Befürchtung auszureden, war aber allein von dem Gedanken noch mehr schockiert als er selbst.

Das Warten dauerte eine Woche lang. Der andere Knoten im Achselbereich wuchs unterdessen weiter, und Mark wurde seines Verdachts immer sicherer. Es war eine endlose Woche lähmender Ungewißheit. Bis endlich Dr. Salomon mit der schriftlichen Mitteilung das Krankenzimmer betrat.

In demselben Augenblick hatte Mark sofort Bescheid gewußt. Das Ergebnis stand Dr. Salomon im Gesicht, noch bevor er ein Wort gesprochen hatte. Es war die längst befürchtete Bestätigung.
"Es gibt gute Behandlungsmethoden," hatte Dr. Salomon gesagt. "Ich habe bereits mit der Medizinischen Abteilung telefoniert. Du kannst schon morgen früh aufgenommen werden."
Mark war wie vor den Kopf geschlagen gewesen. Natürlich, er hatte mit einer schlechten Nachricht gerechnet, sie war zu erwarten gewesen und kam nicht wie der Blitz aus heiterem Himmel. Mehrere Wochen lang hatte er sich immerhin darauf einrichten können. Aber erst jetzt war die Befürchtung zur Gewißheit geworden. Erst jetzt löschte der Befund auch den letzten Funken Hoffnung aus. Es ist ein riesengroßer Unterschied, ob man mit einem schlechten Untersuchungsergebnis nur rechnet oder es bekommt.
Jetzt hatte Mark es schriftlich.
In Dr. Salomons Anwesenheit hatte er es noch geschafft, seine Fassung zu bewahren, wenigstens äußerlich. Dann war er hinaus auf die Veranda gerannt und hatte geheult wie ein kleines Kind. Die Zimmergenossen sollten nicht Zeugen seiner Schwäche sein. Sie lagen im Hospital zumeist wegen verschiedener Sportverletzungen. Beinbrüche, Meniskus-, Gelenk- oder Sehnengeschichten. Sie waren bandagiert und eingegipst wie Schwerverletzte oder liefen an Krücken, für unwissende Besucher schienen sie viel schwerer krank und bedauernswerter als Mark, doch tatsächlich waren sie in einer unvergleichbar besseren Position.
Erst als Mark sich wieder einigermaßen gefangen hatte, rief er Carol an. Und seine Eltern in Hyannis Port. Sie waren von seiner Nachricht wie erstarrt und redeten den größten Blödsinn, nur um der Wahrheit aus dem Weg zu gehen.
"Vielleicht haben sich die Ärzte geirrt!"
"Vielleicht liegt eine Verwechslung vor!"
Die Ärzte hatten sich nicht geirrt. Es lag auch keine Verwechslung vor. Es hatte keinen Sinn, der Wahrheit aus dem Weg zu gehen.
Seit gestern war Mark dabei, sich der Wirklichkeit zu stellen.

Zwischen den Tischen und Stühlen des Warteraums waren kreuz und quer Betten mit Patienten abgestellt. Die Kranken hingen an Infusionsflaschen, manche hielten Schläuche in der Hand, die durch die Nase oder an anderen Stellen in ihren Körper führten. Für einen Betrachter, der von draußen kam, unbefangen und unvorbereitet, war es ein erschrekkendes Bild.
"Meinst du, daß ich bald auch so aussehe?" fragte Mark.
"Nein, ganz sicher nicht," erwiderte Carol.
Woher nimmt sie ihre Sicherheit? dachte Mark. Doch er selbst konnte es sich auch nicht vorstellen. Eigentlich fühlte er sich immer noch nicht krank. Er spürte keinerlei Schmerzen, von der kleinen Operationswunde einmal abgesehen, und wenn die Diagnose des Pathologischen Instituts nicht gewesen wäre, hätte er angenommen, nur aus Versehen zwischen die vielen Kranken geraten zu sein.
"Merkwürdig," sagte er, "wenn ich die vielen Betten sehe, kann ich mir gar nicht vorstellen, dazuzugehören."
Seit er sich nicht mehr anzustrengen brauchte, war die Müdigkeit verflogen, und auch die Übelkeit war nicht mehr aufgetaucht. Die Knoten, die er inzwischen mit seinen Händen vermehrt an seinem Hals und im Achselbereich ertasten konnte, verursachten nicht den geringsten Schmerz und beeinträchtigten ihn in keiner Weise.
"Wahrscheinlich kannst du bald wieder entlassen werden," sagte Carol. Ob sie tatsächlich daran glaubte?
"Ich hoffe es," sagte Mark.
Ständig öffnete sich an der langen Seitenwand der Halle eine Tür, und eine Schwester rief aus Unterlagen, die sie in der Hand hielt, einen oder mehrere Namen auf.
Dann schlurften Patienten in Bademänteln jeweils in die Kabine, deren Tür die Schwester offenhielt, oder ein Bett mit einem Patienten wurde hineingeschoben.
Mark unterhielt sich mit Carol nur wenig. Noch stand er unter dem Schock, der gestern endgültig über ihn hereingebrochen war, und auch Carol hatte sich an die neue Lage noch nicht gewöhnt. Gut, seit gestern war er schon wieder ein bißchen gelassener geworden, aber Dr. Salomons Eröffnung, die sein Leben mit einem Schlag verändert hatte

und alle seine Perspektiven mit wenigen Worten in Zweifel zog, hatte er noch nicht überwunden. Er wußte, daß seine Erkrankung namens Hodgkin lebensbedrohend war, Dr. Salomon hatte das ja unmißverständlich zum Ausdruck gebracht, aber er vermochte nicht zu glauben, daß es durch diese zufällige Erkrankung in seinem Leben vielleicht schon jetzt und tatsächlich ans Sterben gehen konnte. Viele Gedanken waren seit gestern durch seinen Kopf gezogen, hatten ihn zermürbt, auf ihn eingehämmert, aufrührerische und niedergeschlagene, trotzige und hingebungsvolle. Es war ein Prozeß, den er noch nicht verarbeitet hatte, und Carol erst recht nicht.
Sie dachten beide vor sich hin, ohne einander zu stören. Es gab nichts anderes, als an dasselbe zu denken, jeder für sich und auf seine Weise.
"Mark Ryan! Mark Oliver Ryan, bitte!"
Weit oben am Ende der Halle stand eine kleine Schwester mit dunkler Hautfarbe in einer geöffneten Kabinentür und sah aufmerksam über alle Stühle und Betten hinweg.
"Mark Ryan, bitte!"
Er hob den Arm.
"Wartest du auf mich?" fragte er Carol.
Sie nickte, und er lief zwischen den Betten hindurch zu der Schwester, die ihn erwartete.
Jetzt sah er, daß die Tür in einen kleinen Vorraum führte. Erst danach kam der eigentliche Raum mit den Apparaten. Die Schwester ließ die Verbindungstür zum Röntgenraum offen.
"Ziehen Sie sich bitte aus. Auch das Halskettchen, falls Sie eines tragen. Nur die Unterhose dürfen Sie anbehalten."
Sie hantierte irgend etwas in dem finsteren Raum, während Mark sich entkleidete und die Kleider auf der winzigen Holzbank des Vorraumes ablegte. Als er fertig war, ging er in die Dunkelheit hinein.
Seine Augen gewöhnten sich schnell an die Finsternis, und er stellte fest, daß die Schwester in einen weiteren Raum weitergegangen war. Er konnte sie durch ein Sichtfenster sehen.
Nach einer Weile kam sie zurück und stellte ihn mit der Brust gegen eines der Geräte, das Kinn mußte er in eine

kleine, dafür vorgesehene Ausbuchtung legen.
"So müssen Sie stehenbleiben. Bitte jetzt nicht mehr bewegen!"
Sie zog sich wieder in ihren Raum hinter der Glasscheibe zurück, und dann hörte er ihre Anweisungen:
"Einatmen! Atem anhalten!"
Das Gerät gab ein schabendes Geräusch von sich. Klicken.
"Ausatmen!"
Er entspannte sich, traute sich aber nicht, seine Stellung zu verändern.
Die Schwester streckte den Kopf durch die Tür und sagte, daß er sich auf die Liege legen solle, die mitten in dem Raum bereitstand. Es war ein hohes Gestell auf Rollen, wie es karitative Organisationen zum Transport von Kranken oder Verletzten benutzen. Befehlsgemäß stieg er auf die Liege hinauf und wartete.
Er hörte, daß die Schwester ihren Raum irgendwohin verließ.
Danach kümmerte sich niemand mehr um ihn. Die Geräusche draußen in der Halle waren weit entfernt. In der Dunkelheit selbst herrschte eine seltsame und unwirkliche Stille.
Es war das erste Mal im Hospital, daß er allein war, ganz ohne andere Patienten, ohne Arzt, ohne Schwestern, ohne Besucher um sich herum, ohne Ablenkung.
Das Stimmengewirr draußen aus der Halle drang nur ganz leise zu ihm herein.
Plötzlich fühlte er sich in dem Raum ohne Licht von den mattschimmernden Ungetümen feindselig umgeben. Ringsum eiserne, gefühllose Maschinen, die ihn anstierten wie hungrige Angreifer ihr gefangenes Opfer.
Er legte seinen Kopf auf das kleine Kissen, das am oberen Ende der Bahre lag und mit einer Papierserviette bedeckt war. Dicht über ihm schwebte ein monumentales Gerät und glotzte ihn mit kalten Augen an, bedrohlich und nur darauf bedacht, seine Strahlen in seinen Körper zu speien.
Er begann leicht zu frieren.
Obwohl der Raum beheizt war, fröstelte es ihn. Vielleicht waren es die glänzenden Ungeheuer, die ihn mit ihrer hämischen Aggression umringten und ihn zu vereinnahmen

schienen, sicher aber auch die Stille, die ihn unvermittelt an die Stille eines Friedhofs erinnerte. Es war nicht abwegig, an einen Friedhof zu denken in dieser Umgebung. Befand er sich nicht auf dem Weg dorthin?
Er verdrängte den Gedanken, versuchte sich aus dem Griff, der plötzlich seine trockene Kehle umfaßte, wieder zu befreien. Doch um so heftiger er den Gedanken von sich wies, desto tiefer nistete er sich ein.
Mark dachte an die Röntgenkontrolle, die in der Hale-Universität jährlich obligatorisch durchgeführt wurde. Er hatte den Arzt einmal gefragt, ob denn diese Kontrollen wirklich notwendig seien, weil die schädlichen Strahlen den Körper doch auch belasten würden.
Jetzt mußte er über seine Ängstlichkeit sarkastisch lachen. Auf nichts anderes lauerten die gleißenden Roboter über ihm und neben ihm und ringsum, als ihre schädlichen Strahlen in ihn hineinzupumpen. Hatte er eine andere Wahl? Er konnte sich nur ergeben, ein Bündel Fleisch, dessen Hoffnung gerade auf diesen Strahlen beruhte.
So kann sich die Lage ändern - und die eigene Einstellung! Jetzt war er auf die Hoffnung angewiesen, daß der Segen der Maschinen ihre Schädlichkeit überwog...
Eine andere Schwester kam mit einem Mann im weißen Kittel zurück und forderte ihn auf, mit ihnen mitzukommen. Er kletterte von der Liege wieder herunter. Sie liefen durch einen schmalen Gang hinter den Röntgenkabinen entlang in einen anderen, etwas größeren Raum. Die Gedanken an den Friedhof verschwanden, und auch das bösartige Schweigen der finsteren Apparate bedrohte ihn nicht mehr.
Aber er war ihnen nur vorläufig entkommen.
Der Mann stellte sich als Dr. Shepard vor, und er sagte, daß er jetzt eine Lymphographie durchführe. Auf sein Geheiß mußte Mark wiederum auf eine Liege hinaufklettern, die genauso aussah wie das Gestell vorher in dem anderen Raum.
"Es wird nur ein kleiner Eingriff sein," beruhigte ihn der Arzt. "Wir werden ein Kontrastmittel in die Lymphbahn einspritzen, um die Knoten sichtbar zu machen."
Die Schwester schob einen Kastenwagen heran, auf dem eine Vielzahl von Bestecken und anderen medizinischen

Instrumenten bereitlag, die für den Eingriff wohl erforderlich war. Dann brachte sie ein Tuch und spannte es in Höhe von Marks Beinen senkrecht in einen weißen Plastikrahmen. Jede Sicht nach unten war ihm dadurch verwehrt.
"Sie müssen liegenbleiben und dürfen sich auf keinen Fall bewegen," verlangte Dr. Shepard.
Die Schwester band Marks Füße in zwei Schlaufen fest.
Im Röntgenraum vorhin hatte Mark noch gefroren. Jetzt überzogen Hitzewellen seinen Körper, und seine Hände wurden feucht. Die Temperatur hatte mit seinen unterschiedlichen Empfindungen ganz sicher nichts zu tun, bestimmt war es in beiden Räumen, vollkommen gleich warm, aber jetzt schlug auch sein Herz schneller, und sein ganzer Körper war verkrampft.
"Sie werden nur einen kurzen Stich spüren, alles andere werden Sie überhaupt nicht merken," erklärte der Arzt an seinen Füßen.
Fast in demselben Augenblick zuckte Mark zusammen. Er spürte einen leichten Einstich am rechten Fußgelenk, wie Dr. Shepard es angekündigt hatte, und fast gleichzeitig und unmittelbar ein heißes Gefühl, das rasend schnell über sein ganzes rechtes Fußgelenk hinwegwirbelte.
"War es schlimm?"
"Nein, gar nicht," sagte Mark. Seine Verkrampfung löste sich ein bißchen.
Der kleine Instrumententisch lag gut in seinem Blickfeld. Die Schwester holte verschiedenes Werkzeug und reichte es hintereinander dem Arzt hinter das Tuch. Mark fühlte zwar, daß irgend etwas an seinem Fußgelenk passierte, aber von einem dumpfen Gefühl abgesehen spürte er keinerlei Schmerz.
Während seiner Tätigkeit unterhielt sich Dr. Shepard mit der Schwester ununterbrochen in einer fremdartigen Sprache. Mark hörte, daß es Spanisch war, und aus dem Gespräch ergab sich, daß der Arzt gerade in einem Abendkursus die Sprache erlernen wollte. Die Schwester, nach ihrem Aussehen wahrscheinlich spanischer Abstammung, gab ihm auf diese Weise tagsüber zusätzlichen Unterricht. Für Mark hatte die Lehrmethode der beiden den Vorteil, daß sie auch beruhigend wirkte. Er war abgelenkt, und die

Stimmen nahmen ihm das Gefühl der Abwehr, bezogen ihn mit ein, lösten seine Erstarrung.
Bis er denselben kurzen Schmerz des Einstiches an seinem linken Fußgelenk verspürte. Er zog reflexartig den Fuß zurück.
"Bleiben Sie ruhig!" befahl Dr. Shepard unwirsch.
Mark riß sich zusammen. Das heiße Gefühl, das er inzwischen kannte, durchströmte seinen linken Fußrücken.
"Nachher dürfen Sie nicht mehr laufen, die Nähte platzen sonst auf," hörte er die Stimme des Arztes hinter dem Tuch.
Daran hatte er noch gar nicht gedacht.
"Wir werden die Füße fest bandagieren und einen Rollstuhl besorgen. Heute abend können Sie dann wieder vorsichtig auf die Füße auftreten, nur die Gelenke sollten Sie in den nächsten Tagen nicht belasten, bis die Wunden richtig verheilt sind."
Als die Schwester das Gestell mit dem Tuch entfernte, waren Marks Fußgelenke und die Hälfte seiner Füße mit dicken Bandagen umwickelt. Unter den Binden hervor, auf seiner Haut, stellte er eine blauschwärzliche Farbe fest, die aussah, als sei Tinte darüber hinweggelaufen.
"Das Kontrastmittel ist völlig harmlos," sagte Dr. Shepard. "Der Körper wird es im Verlauf von zwei bis drei Jahren wieder vollständig abbauen. Es sieht im ersten Moment fürchterlicher aus, als es ist."
Die Schwester rollte den Wagen mit den Operationsutensilien zur Seite.
Danach standen die von Professor Dr. Barkley angeordneten Schichtaufnahmen an.
Dieses Mal legte Mark den Weg zum Röntgenraum auf der Liege zurück. Er mußte auf das Gestell unter dem Röntgenkoloß, wo er bereits gelegen hatte, umsteigen, und Dr. Shepard begann mit den schwierigen Einstellungen. Ein zweiter Arzt war dazugekommen. Alle hatten sich Bleischürzen umgehängt und trugen Controller, die als Schutz vor den Strahlen dienten. Mark versuchte, die wieder aufkommenden Gedanken an deren Schädlichkeit zu verdrängen. Was nutzten ihm diese Gedanken jetzt!
Die ersten Aufnahmen der Milz.
Dr. Shepard änderte die Einstellung.

Wieder das Klicken des Geräts.
Kontrastbrei. Aufnahmen des Magens.
Mark hörte auf, das Klicken zu zählen. Er trug keinen Schutz und keinen Controller. Das Personal erhielt Urlaub, wenn die Grenze der Strahlenbelastung erreicht war. Er war lediglich Opfer. Ein Objekt. Für seine Rolle war Urlaub nicht mehr wichtig. Mit jedem Klicken wurde er gleichgültiger. Niemand hatte ihn gefragt, ob er einverstanden war, mit diesem andauernden Klicken, den Bildern, den Strahlen. Natürlich wäre er einverstanden gewesen. Genauso hätte man ihn fragen können, ob er leben wolle oder nicht. Hätte es darauf die Wahl einer Antwort gegeben?
Die Krankheit ist ernst, hatte Dr. Salomon gesagt, aber es gibt gute Behandlungsmöglichkeiten. Das ist also der Anfang, dachte Mark, die Röntgenbilder und diese Lymphographie...
Als Mark durch den Vorraum in den Wartesaal hinausfuhr, gehörte er auch rein äußerlich zu den Kranken. Er saß in einem Rollstuhl, den ich von der Station Osterberg besorgt hatte, und hatte seine Schuhe und seine Strümpfe in der Hand.
Seit er seinen Überweisungsschein auf der Röntgenstation abgegeben hatte, waren vier Stunden vergangen. Carol konnte ihr Erschrecken über die zwischenzeitliche Veränderung, insbesondere über Marks Erscheinen im Rollstuhl, kaum verbergen.
"Als ich hierher zum Röntgen gegangen bin, habe ich mich vollkommen gesund gefühlt," lachte Mark. "Jetzt fühle ich mich immer noch vollkommen gesund, aber ich sitze trotzdem in diesem Gefährt für Schwerkranke."
Ich erklärte Carol, daß Mark nur deshalb im Rollstuhl sitzen müsse, weil er seine Füße noch nicht belasten solle.
"Eigentlich weiß ich überhaupt nicht, warum ich mein Leben schon wochenlang im Medical Center verbringe," schimpfte Mark aufbegehrend. "Draußen ist Frühling, die Sonne scheint, unsere Mannschaft hat wichtige Vorbereitungsspiele zur nächsten Meisterschaft, und ich werde wie ein Invalide im Rollstuhl durchs Hospital gefahren."
"Die Osterfeiertage können Sie sicher zu Hause verbringen," sagte ich tröstlich. Ich schob ihn durch die Gänge denselben

Weg zurück, den er vor einigen Stunden noch zu Fuß gegangen war.
Carol beschwerte sich über die lange Wartezeit.
"Wenn ich geahnt hätte, daß die Prozedur so lange dauern würde, hätte ich dich natürlich nicht gebeten, auf mich zu warten," entschuldigte sich Mark.
Auf der Station Osterberg wurden wir von Schwester Bonaventura schon erwartet. Die Station selbst lag in friedlicher Ruhe.
Über Marks neue Situation war Schwester Bonaventura nicht im geringsten überrascht.
Vermutlich sieht sie diese Art von Rückkehr von der Röntgenstation tagein und tagaus und hält deshalb eine Fahrt im Rollstuhl für etwas völlig Selbstverständliches, dachte Mark.
"Haben Sie ein Fahrzeug dabei?" fragte sie Carol.
"Ja. Ich bin mit dem Wagen gekommen."
"Gut, dann ist dieses Problem ja gelöst," sagte Schwester Bonaventura.
Sie eröffnete Mark, daß er die Osterfeiertage zu Hause verbringen dürfe, und während Carol und ich seine Reisetasche mit den wichtigsten persönlichen Sachen aus dem Krankenzimmer holten, sagte sie weiter, daß er sich am Dienstag danach pünktlich um 11,00 Uhr auf der Station Osterberg wieder einfinden müsse.
Ich begleitete ihn durch die Medizinische Abteilung bis zum Hauptausgang. Dort stieg er in Carols Auto um, und ich nahm den Rollstuhl wieder in Empfang, um ihn auf die Station zurückzubringen.
Es war seit Marks Einlieferung in das Anderson Hospital vor mehreren Wochen das erste Mal, daß er wieder am Leben außerhalb einer Klinik teilnehmen durfte. Der Verkehr in der Stadt war vor den Feiertagen besonders stark, und die Geschäftsstraßen waren mit Fußgängern und Fahrzeugen so überfüllt, daß ein Durchkommen fast unmöglich schien. Dennoch störten ihn der Lärm und das Chaos merkwürdigerweise überhaupt nicht. Früher hatte er sich über die Staus noch fürchterlich aufgeregt, wenn er einen Termin verpaßte. Jetzt zog die Hektik an ihm vorüber, ohne ihn zu berühren.

Er sah von der Seite Carol an, die den Wagen durch das dichte Gewühl lenkte.
Im Sommer vor zwei Jahren hatten sie sich näher kennengelernt.
Carol studierte wie er an der Hale-Universität, aber an einer anderen Fakultät. Sie war ihm vor allem aufgefallen, weil sie sämtliche Spiele der Volleyballmannschaft besuchte, sogar dann, wenn die Mannschaft Auswärtsspiele bestritt. Es gab eine kleine Gruppe begeisterter Anhängerinnen, zu der sie gehörte, und seit sie mit Mark zusammen war, hatte sie nicht einmal ein einziges Spiel versäumt.
Natürlich war Carol ihm nicht nur aufgefallen, weil sie bei jedem Spiel der Mannschaft anwesend war. Sie war unter den Anhängerinnen auch das attraktivste Mädchen. Alle Mannschaftskameraden beneideten ihn um sie, und über einen Mangel an Verehrern konnte Carol sich wahrhaftig nicht beklagen. Mark war der herausragende Spieler der Mannschaft gewesen, ihr Kopf und ihr Regisseur, aber Carol versicherte ihm, daß sie ihn nicht nur deshalb den anderen vorgezogen hätte.
Die meisten Studenten wohnten gleich neben der Universität in einem Hochhaus mit kleinen Appartements und Gemeinschaftseinrichtungen. Mark und Carol wohnten ebenfalls dort in getrennten Wohnungen, die nur wenige Stockwerke auseinanderlagen.
Carol bemerkte, daß Mark sie beobachtete, und drehte sich zu ihm um.
Es war lächerlich, aber seine größte Sorge augenblicklich war, daß er wegen seiner Erkrankung am Studium und den Spielen seiner Mannschaft nicht mehr teilnehmen konnte.
Er streckte deprimiert seine verbundenen Füße von sich.
Als Carol sich wieder dem Straßenverkehr zuwendete, sagte er nachdenklich: "Ich glaube, du hast ein schlechtes Los gezogen. Der Stellspieler, den du bewundert hast, ist auf Eis gelegt. Er wird jetzt wohl für mehrere Monate ausfallen."
Carol schwieg.
Sie steuerte den Wagen in die Tiefgarage des Hochhauses, in dem ihre Wohnungen lagen.
"Ich fürchte, daß die Geschichte vielleicht doch länger dauern wird," überlegte Mark.

Auch darauf sagte Carol nichts.
Mark humpelte vorsichtig zum Fahrstuhl, wobei er streng vermied, die Fußgelenke zu bewegen. Während sie nach oben zu ihren Appartements fuhren, überlegte er immer noch.
"Dann muß die Mannschaft eben ein paar Spiele ohne dich auskommen," sagte Carol.
Aber das hatte er gar nicht gemeint...

III

Viele benutzten die Osterfeiertage, um hinaus ans Meer zu fahren. Auch Frank und Steve hatten beschlossen, die freien Tage in New Porto zu verbringen, einem Touristenort ungefähr fünfzig Meilen südlich unmittelbar an der Küste. Steves Vater besaß dort ein Ferienhaus und hatte es uns auf seine Bitte über das Wochenende zur Verfügung gestellt. So bepackten wir bereits am Freitag abend einen Jeep mit allen erforderlichen Utensilien, die wir mitnehmen wollten.
Steve hatte Patricia eingeladen, ein attraktives Mädchen, mit dem er immer dann zusammen war, wenn er aus irgendwelchen Gründen (die manchmal nur er selbst kannte) gerade auf weibliche Begleitung Wert legte. Offenbar hielt er es in diesem Fall für unerläßlich, am Strand mit einem hübschen Mädchen aufzukreuzen, und es hatte keiner übermäßigen Überredungskünste bedurft, Patricia für das Unternehmen zu gewinnen. Ich kannte sie schon von anderen Ausflügen her. Sie erschien mir ein bißchen oberflächlich und genußsüchtig. Es war allgemein bekannt, daß Patricia kein Kind von Traurigkeit war, aber das war ja gerade ihr Vorzug, weshalb sie auf keiner Party fehlen durfte und überall ein gern gesehener Gast war. Sie arbeitete als Krankenschwester im St. Elizabeth Memorial wie ich, allerdings im zentralen Labor, und sie hatte eine ganz andere, viel unbeschwertere Mentalität. Was mir nicht gelingen wollte, beherrschte sie perfekt: Sobald sie das Hospital verließ, verschwendete sie keinen Gedanken mehr an die Probleme, die dort zurückblieben. Sie schaffte es tatsächlich, vollkommen abzuschalten. Natürlich war es ein Unterschied, ob eine Schwester im Labor arbeitete oder auf einer Krankenstation, aber ich mutmaßte, daß Patricia sogar auf der Station Osterberg nicht sonderlich beeindruckt gewesen wäre. Während der Fahrt erwähnte ich beiläufig, daß ein neuer Patient mit erst zweiundzwanzig Jahren eingeliefert worden sei, aber die anderen gingen nicht darauf ein.
"Meine Güte, du wirst dir deshalb doch nicht das schöne Wochenende verderben wollen!" lachte Patricia, und Frank und Steve stimmten ihr Beifall zollend zu.

"Seit du auf dieser neuen Station eingesetzt bist, machst du eine ganz seltsame Wandlung durch," rief Frank mit einem vorwurfsvollen Unterton. "Früher bist du viel ungezwungener und fröhlicher gewesen!"
Ich mußte insgeheim zugestehen, daß er recht hatte. Ich hatte mich tatsächlich verändert. Es traf zwar nicht zu, daß ich überhaupt nicht mehr ungezwungen und fröhlich sein konnte, wie Frank behauptete, aber viele Belanglosigkeiten, die den Patienten auf Osterberg nicht mehr bedeutend waren, nahm auch ich nicht mehr so wichtig wie früher. Die andere Einstellung, die sich den Patienten auf Osterberg in ihrer besonderen Situation aufzwang, übertrug sich in vielerlei Dingen auch auf mein persönliches Verhalten, ohne daß ich es selbst bemerkte.
Den ganzen nächsten Tag verbrachten wir am Strand.
Frank und Steve hatten sich zu einem Tennisturnier gemeldet, das weiter oben an einem Strandabschnitt für Gäste durchgeführt wurde. Sie waren in den einzelnen Runden außerordentlich erfolgreich und qualifizierten sich im Doppel sogar für das Finale. Im Endspiel gewannen sie dann völlig überraschend den Pokal und Eintrittskarten für den Vergnügungspark. Ich ertappte mich, daß ich trotz des großen Erfolgs an Marks verbundene Füße dachte. Sicher saß er jetzt unglücklich zu Hause, weil er nicht richtig gehen konnte. Vielleicht hätte er auch gern an dem Turnier teilgenommen, aber sicher schlug er sich jetzt mit Problemen herum, bei denen die Teilnahme an einem Strandtennisturnier keine große Rolle spielte.
Gegen Abend fand eine gut organisierte und imposante Siegerehrung statt. Frank und Steve waren die Stars am Strand, und Patricia sonnte sich mit Begeisterung in dem Ruhm, der nebenbei auch auf sie abfiel. Viele Mädchen gratulierten kreischend den Siegern zu ihrem Pokal, und insbesondere Frank war der Mittelpunkt allgemeinen weiblichen Interesses. Ich hatte mich etwas zurückgezogen und beobachtete das Treiben belustigt aus einigem Abstand. Es war unverkennbar, daß Frank seinen Erfolg mit vollen Zügen genoß. Seine Anziehungskraft insbesondere auf das weibliche Publikum war enorm. Ich sah das Muskelspiel unter seiner gebräunten Haut, sein unwiderstehliches Lächeln, den

Charme, den er meisterlich einzusetzen vermochte. Dennoch verspürte ich keinerlei Eifersucht.
Steve kam atemlos herbeigerannt.
"Falls du dich von Frank vernachlässigt fühlen solltest, kannst du mich gern auf deine Warteliste setzen!" rief er übermütig. "Aber du hast ja so viele Verehrer, daß du mich sowieso nicht berücksichtigen würdest!"
Er lachte und setzte sich neben mich.
Ich hatte tatsächlich keinen Mangel an Verehrern. Nicht nur am Strand galten mir viele Blicke junger Männer, auch im Hospital versuchten einige junge Ärzte mir nachzustellen. Vielleicht hatte Frank deshalb schon vorbeugend öffentlich verkündet, daß er mich heiraten wolle? Doch bevor er sein Examen nicht abgelegt hatte, war an eine Heirat ohnehin nicht zu denken.
"Ich habe deine Bewerbung jedenfalls zur Kenntnis genommen!" lachte ich, und Patricia boxte Steve beleidigt in die Rippen.
"Komm mit!" kam Steve auf eine neue Idee. Er stand auf und zog mich mit zu der Zuschauergruppe, die sich um Frank versammelt hatte.
Frank löste sich und legte einen Arm um meine Schultern. Es war ihm anzumerken, daß er stolz war, mich seinem Publikum vorzuzeigen.
"Ah, es genügt wohl nicht, daß er den Pokal gewinnt! Jetzt gehört ihm auch noch das schönste Mädchen am Strand!" rief einer aus dem Hintergrund. Die anderen lachten.
"Ich habe mich bereits als dein Ersatzkandidat bei Jennifer angemeldet," berichtete Steve, "aber ich glaube, daß ich keine allzu große Chance hatte!"
Frank beschwerte sich gutgelaunt darüber, daß jetzt schon sein bester Freund ihm in den Rücken falle, und drohte, ihn in Zukunft besser zu überwachen.
Am Abend streiften wir gemeinsam durch den Robinson-Vergnügungspark. Die Diskothek war durchgehend bis zum Morgen geöffnet, und den nächsten Tag verschliefen wir bis fast in den Mittag hinein. Später lagen wir den Rest des Tages am Strand, um am Abend wieder loszuziehen. Es war ein unbeschwertes Wochenende, und viel zu schnell näherte sich schon wieder der Zeitpunkt der Rückfahrt.

"Ich darf nicht an das Labor denken, sonst werde ich trübsinnig!" klagte Patricia scherzhaft.
Für uns alle begann am Dienstag morgen wieder die Arbeit im Hospital. Es war sowieso nur ein glücklicher Umstand gewesen, daß keiner von uns an den Feiertagen zum Bereitschaftsdienst eingeteilt worden war. Gewöhnlich geriet an langen Wochenenden oder Feiertagen wenigstens ein Tag Notdienst im Medical Center dazwischen, und es mußte wirklich als Seltenheit gelten, daß wir die Ostertage gemeinsam und ohne Unterbrechung in New Porto verbringen konnten.
Als wir mit dem Jeep nach Plainville zurückfuhren, lagen Tage voller Späße und Sorglosigkeit hinter uns. Wir waren erholt und bester Laune. Ich hatte Abstand gewonnen und von der Klinik nicht mehr gesprochen.
Erst auf der Fahrt ins St. Elizabeth Memorial am Dienstag morgen beschäftigte mich wieder der Gedanke, mit welchen Gefühlen wohl Mark und die anderen Patienten aus ihrem Osterurlaub auf die Station zurückkehren mochten.

IV

Die Betriebsamkeit auf der Station Osterberg war mit der friedlichen Ruhe, die Mark kurz vor den Osterfeiertagen erlebt hatte, nicht mehr zu vergleichen. Aus der Küche drang Geschirrklappern und mischte sich mit dem Geräusch der Reinigungsmaschine, die ein Arbeiter im blauen Overall in weiten Bögen durch den Korridor dirigierte. Schwester Bonaventura zog im Stationszimmer Spritzen auf, und ich eilte ständig mit neuen Blutentnahmen ins Labor.
Professor Dr. Barkley und Dr. Lindbergh standen im Arztzimmer vor einem beleuchteten Bildschirm und sahen sich Röntgenbilder an.
Jeder einzelne war intensiv beschäftigt und schien die Zeit, die über die Feiertage stillgestanden hatte, wieder einholen zu wollen.
Den ganzen Vormittag über trafen die Patienten, die zu Hause gewesen waren, wieder in ihren Zimmern ein, und auch Mark meldete sich bei Schwester Bonaventura pünktlich zurück.
Er hatte die Feiertage überwiegend in seinem Appartement verbracht, weil er ja nach ärztlicher Anordnung in den ersten Tagen nicht viel gehen sollte.
Zwischendurch hatte er die Bandagen abgewickelt und neugierig seine Füße betrachtet. Er sah zwei längliche Einschnitte auf den Fußgelenken, nicht sehr weltbewegend, zwei senkrecht verlaufende kleine Wunden, die er nun immer wie ein Stigma mit sich herumtragen würde, ein besonderes persönliches Zeichen, und er mußte lachen.
"Jetzt sehe ich aus wie der gekreuzigte Jesus," sagte er. Das Kontrastmittel hatte sich unter der Haut bis hinunter auf seine Fußrücken verteilt und ähnelte jeweils einem großflächigen Bluterguß. Aber er hatte keinerlei Beschwerden.
Was ihm viel größere Sorgen bereitete, war der Umstand, daß er neue Knoten an seinem Hals und unter seinen Achseln entdeckte. Auch unmittelbar an seinem Brustbein hatte sich ein Knoten entwickelt. Man konnte ihn äußerlich sehen, und er war der erste, der zu schmerzen begann. Die Feststellung beunruhigte ihn mehr, als er nach außen zugab. Auch seine Mutter war sehr besorgt. Sie war von Hyannis

Port nach Plainville herübergeflogen, um eigentlich nur über die Feiertage bei ihrem Sohn zu sein, aber dann bestand sie plötzlich darauf, auch die nächsten Wochen in seinem Appartement zu wohnen, bis die genaue Diagnose seiner Erkrankung und der weitere Verlauf seiner Behandlung feststehen würden. Mark wendete ein, daß sie sich auch um seinen Vater kümmern müsse, der selbst seit längerer Zeit bettlägerig erkrankt war und deshalb die Reise nicht hatte mitmachen können, aber sie ließ sich von ihrem Entschluß nicht mehr abbringen.
"Ich weiß, daß Marie-Louise ihn gut versorgen wird," sagte sie. "Vater wird meine Entscheidung verstehen, und er kann einige Wochen auch ohne mich auskommen."
Marie-Louise war die schwarze Haushälterin und schon seit über zwanzig Jahren in der Familie. Die Nachricht, daß Mark ernsthaft erkrankt war, hatte sie sehr getroffen. Sie hatte Mark aufwachsen sehen, er war wie ein Sohn für sie, und seine Mutter mußte ihm ausdrücklich ausrichten, daß sie für ihn beten wolle.
"Ich fühle mich wirklich nicht krank, du kannst ruhig nach Hause zurückfliegen," sagte Mark. Aber seine Mutter blieb starrsinnig und ließ sich auch von seinen Beschwichtigungsversuchen nicht mehr umstimmen.
"Du brauchst mich jetzt, also will ich dasein," war ihre unumstößliche Antwort.
Als Mark nach Ostern auf der Station Osterberg sein Zimmer E 14 betrat, erlitt sein Optimismus, den er sich über die Feiertage einigermaßen zurückerobert hatte, den ersten großen Schlag.
Denn die anderen Patienten, die bereits in ihre Betten zurückgekehrt waren, empfingen ihren künftigen Mitbewohner ohne besondere Rücksicht.
"Oh, ein Neuzugang für unseren Verein!" rief einer. Er hatte blonde Haare und stellte sich als George vor.
"Hallo, herzlich willkommen," brummte Mike, der im Bett vor dem Fenster lag. Seine Stimme klang sarkastisch.
Alle waren um die zwanzig Jahre alt. Nur Eric, der sich jetzt in das Gespräch einmischte, war etwas älter, vielleicht um die dreißig herum.
Mark nannte seinen Namen.

"Weißt du schon, was du hast?" fragte Eric.
"Ach was, er wird ein Hodgkinese sein wie wir," spottete Mike aus seinem Bett heraus. "Sieh dir doch seine Füße an! Bei den Gehwerkzeugen pflegen sie immer anzufangen."
"Ich weiß noch nicht genau, was ich habe," sagte Mark.
"Das wird sich schnell ändern," meinte George.
"Auf dieser Station weißt du über deine Krankheit bald besser Bescheid als jeder Arzt." Er setzte sich an den Tisch, der zwischen den Fenstern stand, und begann eine Orange zu schälen.
Mark erfuhr, daß sein Vorgänger in der vergangenen Woche gestorben war.
"Macht nichts," sagte Mike, bevor Rührung aufkommen konnte, "der Nachschub geht hier nie aus. Einer wird hinausgefahren, und schon liegt ein Ersatz im Bett. Seit ich hier bin, haben sie schon drei hinausgerollt. Wollen wir wetten? Wer am längsten überlebt, zahlt dem anderen eine Runde!"
Sie hatten alle einen eigentümlich makaberen Humor.
Mark kleidete sich aus. Bevor er sich ins Bett legen konnte, rief Mike ihn zu sich.
" Sieh mal, das bin ich vor einem Jahr."
Er hatte ein paar Fotos aus seiner Nachttischschublade geholt und auf seinem Deckbett ausgebreitet. Mark sah einen jungen Mann in der Badehose. Vital, kraftstrotzend, mit einer beneidenswert athletischen Figur.
"Und das bin ich heute," sagte er bitter. Er schob das Deckbett nach unten und öffnete seine Schlafanzugjacke. Sein Körper war bis auf die Knochen abgemagert und mit weißem Puder überzogen. Alle Muskeln waren verschwunden. Auf seiner Brust zogen sich dicke, rote Striche hin, die Mark nicht zu deuten vermochte. Sie sahen aus, als habe jemand mit Lippenstift große Felder auf seinen Körper aufgemalt. Er gab wirklich ein jämmerliches Bild. Mit dem jungen Mann auf den Fotos hatte er nicht mehr die geringste Ähnlichkeit.
Jetzt sah Mark, daß auch George und Eric diese roten Striche trugen. Sie kamen unter den Kragen ihrer Schlafanzugjacken hervor und zogen sich den Hals hinauf bis zum Kinn und ins Genick.
"Bist du verheiratet?" fragte Mike, während er die Bilder

wieder in seinen Nachttisch zurücklegte.
"Nein," antwortete Mark.
"Ich bin seit einem Jahr verheiratet und habe eine kleine Tochter," sagte Mike, und es klang resigniert und verzweifelt. Es ging ihm offensichtlich von allen am schlechtesten. Seine Haare waren fast vollständig ausgefallen. Die Augen waren ohne Glanz und lagen tief in den Höhlen.
"Laß dich von unserer Kriegsbemalung bloß nicht erschrekken!" rief Eric.
Wahrscheinlich hatte er bemerkt, daß Mark verstört über die roten Zeichnungen auf ihrer Haut nachdachte.
"Die Bemalung sieht nur furchterregend aus. Siehst du," er kam näher und hielt sein Kinn in die Höhe, "sie hat sogar einen Vorteil. Überall dort, wo die Strahlen hinkommen, wachsen keinerlei Haare mehr. Ich brauche mich nicht einmal mehr zu rasieren!"
In der Tat war sein Kinn, soweit es innerhalb der roten Gitter lag, glatt wie eine Babyhaut. Er sah auf seine Uhr am Handgelenk.
"Oh, ich muß in den Bunker! Fast hätte ich es vergessen!"
Die Bestrahlungsabteilung nannten sie nur *den Bunker*. Die Abteilung war im Kellergeschoß untergebracht und nur über einen Aufzug zu erreichen.
Er zog sich den Bademantel über. Fast gleichzeitig schwang die Tür auf, und ich betrat das Zimmer.
"Kennst du Jennifer schon?" rief George zu Mark hinüber.
"Sie ist unser Lichtblick auf dieser Horrorstation!"
Ich lachte ein wenig verschämt.
Wie auf Kommando zogen George und Mike ihre Jacken aus.
Eric entschuldigte sich, daß er in den Bunker zum Bestrahlen gehen müsse.
"Ich werde dich dann später pudern," sagte ich.
"Nun kriegt der Kerl auch noch eine Sonderbehandlung," murrte George, während er sich auf seinem Bett vornübergebeugte.
Ich schüttete Puder aus einer Dose auf seinen Rücken und verrieb ihn überall dort, wo die roten Felder aufgezeichnet waren. Danach mußte er sich umdrehen und hinlegen, und ich wiederholte die ganze Prozedur auf seiner Brust.

Mark beobachtete das Geschehen aufmerksam.
"Du wirst heute noch verschont," sagte ich lächelnd zu ihm, ohne dabei Georges Behandlung zu unterbrechen.
"Werde ich denn genauso aussehen?" fragte Mark unsicher.
"Ich weiß es nicht," antwortete ich, "das werden die Ärzte entscheiden. Aber weder die Bemalung noch das Pudern ist schlimm."
Dann wandte ich mich Mike zu, der mich bereits, bäuchlings auf seinem Bett ausgestreckt, erwartete.
"Was hast du über Ostern gemacht, Mike?" fragte ich. Mit meinen Händen verrieb ich den weißen Puder dick und gleichmäßig auf seinem Rücken.
"Ich habe mich vollaufen lassen," sagte er verächtlich. "Endlich mal die ganze Scheiße vergessen. Ist mir egal, ob es dem Professor gefällt oder nicht."
"Alkohol ist aber gefährlich," sagte ich, "das weißt du doch."
"Na und? Ein einziges Mal den Bunker und Osterberg vergessen! Jetzt kriege ich sowieso wieder nur Joghurt und Tee!"
"Und was hast *du* über Ostern erlebt, Jennifer?" fragte George. "Ich wäre gern mit dir ausgegangen!"
"Ich bin am Meer gewesen, in New Porto," sagte ich.
"Am Meer..., herrlich!" schwärmte George. "Wenn man überlegt, daß unsereiner nicht einmal in die Badewanne darf!"
"Das kommt alles wieder. Ihr müßt nur Geduld haben," versuchte ich zu trösten.
Später erzählte mir Mark, daß er mein Lächeln und meine Zuversicht bewundert habe. Schon als er mich zum ersten Mal gesehen habe, damals noch vor Ostern, habe sich auf unerklärliche Weise irgend etwas in ihm gerührt. Und auch jetzt, bei dieser Gelegenheit, habe sich dieses seltsame Gefühl wieder gemeldet, für das er selbst keine Erklärung gehabt habe.
"Ist dir schon Blut abgenommen worden?" fragte ich Mark, als ich mein Werk bei Mike beendet hatte.
"Nein," sagte er.
Ich lächelte ihn an.
"Dann werde ich Dr. Lindbergh daran erinnern und das

Zapfen nach dem Mittagessen nachholen."
Plötzlich fiel mir auf, daß ich Mark wie einen alten Vertrauten anredete, obwohl er erst kurze Zeit zu meiner Station gehörte. Unsere Unterhaltung und der Umgangston waren schon viel vertrauter als bei der Anmeldung vor Ostern, und ich ertappte mich, daß ich mich darüber freute.

Nach dem Mittagessen wurde Mark von Professor Dr. Barkley mitgeteilt, daß man so schnell wie möglich mit der Bestrahlungstherapie beginnen wolle. Die Röntgenaufnahmen waren wohl nicht besonders gut ausgefallen, denn er sagte, daß die Knoten zwar noch ziemlich klein, aber schon in seinem ganzen Körper verstreut seien, am Hals, unter den Achseln, in der Brust, sogar in den Leisten.
"Es wird sehr schwierig sein, alle Knoten zu erfassen, aber wir wollen es wenigstens versuchen," sagte er.
Mark fragte nach der genauen Diagnose. Er wollte endgültig wissen, wie es um ihn stand. Aus Dr. Salomons Ausführungen hatte er lediglich entnehmen können, daß eine ernsthafte Krankheit vorlag, aber nicht, wie weit sie schon fortgeschritten war und welche Aussichten ihm blieben.
Professor Dr. Barkley scheute sich nicht, ihm die volle Wahrheit zu sagen.
"Sie leiden an Lymphogranulomatose, Mark. Das ist eine bösartige Erkrankung des Lymphsystems, von der vor allem jüngere Menschen befallen werden."
"Habe ich eine Chance?" fragte Mark. Er gab sich Mühe, die Frage gelassen zu stellen, aber es gelang ihm nicht recht. Er mochte überhaupt nicht glauben, daß er krank sein sollte. So krank. Er fühlte sich nicht krank. Immer noch nicht. Wenn seine Füße und das Kontrastmittel und die Ärzte und die Umgebung nicht gewesen wären, hätte er angenommen, daß alles nur ein böser Traum sei. Bisher war ihm der Schock in kleinen, wohlüberlegten Dosierungen verabreicht worden. Immer ein bißchen schlechte Nachricht mehr. Jetzt aber wollte er die ganze Wahrheit wissen, mit einem Schlag, und Professor Dr. Barkley tat ihm den Gefallen. Auf der Station Osterberg gab es keine Geheimnisse. Jeder Patient wußte über seine Lage und die Lage der anderen genauestens Bescheid. Professor Dr. Barkley hielt in seinem

Verantwortungsbereich nicht viel davon, den Patienten die Wahrheit vorzuenthalten. Es gab Einzelfälle, in denen Zurückhaltung angebracht sein mochte. Aber nach seiner Auffassung war den Patienten auf längere Sicht eher gedient, wenn sie ihre Situation und ihre Aussichten ungeschönt kannten.

"Nach den bisherigen Feststellungen gehen wir vom Stadium III aus. Ob auch Organe befallen sind, müssen wir noch genauer untersuchen."

Mark schluckte. Die Zimmergenossen, die aufmerksam zuhörten, schienen nicht sehr beeindruckt. Sie alle hatten ähnliches schon hinter sich.

"Dr. Ayaz wird morgen früh die Einstellungen zur Strahlenbehandlung vornehmen," sagte Professor Dr. Barkley. "Ich gehe davon aus, daß die Bestrahlung übermorgen beginnen kann. Vielleicht werden wir auch eine Chemotherapie durchführen. Ich hoffe, daß es gelingt, den Krankheitsverlauf auf diese Weise unter Kontrolle zu bringen."

Der Professor gab Mark freundschaftlich die Hand. Dann eilte er mit wehendem Mantel davon.

Bevor Mark ins Grübeln verfallen konnte, meldete sich Mike aus seinem Bett zu Wort.

"Habe ich doch gleich gesagt, daß Mark dieselbe Schweinerei hat wie wir. Morgen wirst du aussehen wie ein Sioux-Indianer auf dem Kriegspfad!"

Eric lachte. "Wenn du irgendwelche medizinischen Fachfragen haben solltest, brauchst du nur Mike zu fragen. Er weiß mehr als der Professor höchstpersönlich."

Kurz darauf kam ich in das Zimmer zurück, um die Blutentnahme bei Mark und Erics Einpudern nachzuholen.

"Ist Carol schon dagewesen?" fragte ich ganz beiläufig. Sofort danach biß ich mir allerdings auf die Lippen, bis sie schmerzten.

Seit wann hatte mich zu interessieren, ob und von wem die Patienten Besuch erhielten? Ich mußte mir eingestehen, daß es mir im Falle des Patienten Mark Ryan dennoch nicht gleichgültig war.

"Bis jetzt nicht," sagte Mark. Im gleichen Atemzug entschuldigte er Carol damit, daß sie mit ihrem Studium sehr

beschäftigt sei.
"Eigentlich müßte ich mich ja auch mehr um mein Studium kümmern, aber diese sogenannte Lymphogranulomatose hat mein Leben vollkommen durcheinandergebracht," beklagte er sich ohne Emotion.
"Oh, Mark kann seinen Krebs ja schon ohne Stottern buchstabieren!" lästerte George. "Ich habe dazu länger gebraucht! An einem einzigen Tag ist er schon ein perfekter Hodgkinese geworden!"
George hatte zwar recht, wenn er feststellte, daß Mark sich den Namen seiner Krankheit eingeprägt hatte. Aber warum Hodgkinese? Mark verstand nicht, warum er deshalb ein Hodgkinese wie die anderen sein sollte.
"Morbus Hodgkin und Lymphogranulomatose sind doch genau dasselbe!" klärte Mike ihn auf, während ich Blut aus Marks Armvene entnahm.
Ich fühlte mich merkwürdig unsicher dabei und vermochte mir nicht zu erklären, aus welchem Grund mein Verhältnis zu Mark anders war als das zu den anderen Patienten. Mein Mitgefühl bei Mark ging über das Mitleid, das ich für alle Patienten empfand, eindeutig hinaus, verursachte auch eine ganz persönliche Angst. Ich wollte mich dagegen auflehnen, mich wehren, es als absurd abtun, aber ich war nicht sehr erfolgreich.
Carol paßt nicht zu ihm...
Ich hatte kein überzeugendes Argument dafür. Vielleicht war es auch nur Voreingenommenheit, vielleicht ein Anflug völlig absurder und unterschwelliger Eifersucht. Ich kannte Carol ja nur aus der kurzen Begegnung vor Ostern und nur aufgrund von Äußerlichkeiten. Doch meistens konnte ich mich auf meine Menschenkenntnis verlassen, und in diesem Fall war ich ganz sicher, daß mein erster Eindruck richtig war.
"Bestimmt wird Carol morgen kommen," sagte ich ausweichend.
Mark nickte.
"Ja, sicher."
Ich füllte sein Blut in viele kleine Reagenzgläschen.
"Ich habe sie noch nicht einmal vermißt," überlegte Mark.
Es war fast die Wahrheit. Die vielen neuen Eindrücke des

ersten Tages hatten alle seine Gedanken in Anspruch genommen. Fast alle Eindrücke hatten ihn erschreckt. Die roten Linien. Das Gerede der anderen. Mikes jämmerlicher Zustand. Der Geruch von Medikamenten und Puder, ein ganz eigentümlicher Geruch, an den er sich nicht gewöhnen konnte. Ich war, wie er später gestand, die einzige Ausnahme, die er als erfreulich empfand. Doch er dachte (er nahm es nach Georges Komplimenten ganz einfach stillschweigend an), daß mir auf der Station Osterberg wohl viele Verehrer zugetan seien.
Anschließend war Eric mit dem Einpudern an der Reihe.
Am späten Nachmittag kamen Mikes Frau und seine kleine Tochter zu Besuch. Während seine Frau nahezu schweigend an seinem Bett saß, wollte Melanie ständig wissen, wann ihr Papa denn nun endlich nach Hause komme, und Mark sah zum ersten Mal, daß Mike Tränen in den Augen hatte. Sie kletterte auf das Bett hinauf und konnte nicht verstehen, warum ihr Papa nicht mit ihr spielte.
"Du darfst deinen Papa nicht so anstrengen," mahnte ihre Mutter. Melanie streichelte über Mikes Gesicht.
"Papa wird bald wieder gesund, oder?"
"Ja," sagte ihre Mutter leise, "aber im Moment ist er noch sehr schwach."
Mike nahm seine kleine Tochter in die Arme. Mark konnte sich vorstellen, wie es in seinem Innern jetzt aussehen mußte. Von dem Galgenhumor, der ihn sonst auszeichnete, war nichts mehr zu erkennen. Mit Melanie in den Armen sah er verzweifelt aus.
"Es wird dir auch wieder besser gehen," sagte seine Frau aufmunternd. Sie drückte seine Hand. Aber Mike schüttelte resignierend den Kopf.
"Nein, ich kann nicht mehr daran glauben," sagte er, "es hat keinen Zweck mehr. Du brauchst dir nichts vorzumachen."
Den ganzen Tag über war Mike aus seinem Bett noch nicht aufgestanden.
Auch Mark erhielt Besuch: Gegen Abend kam seine Mutter. Er geleitete sie hinaus zu der Sitzecke, die sich am Ende des Korridors befand, weil sie sich dort ungestörter unterhalten konnten, und berichtete über alle Neuigkeiten des ersten Tages.

Es waren schlechte Neuigkeiten genug. Am meisten war seine Mutter über die Diagnose bestürzt, die nun keinen vernünftigen Zweifel mehr zuließ. Der Irrtum, an den seine Eltern sich immer noch geklammert hatten, war endgültig ausgeschlossen.
"Haben die anderen in deinem Zimmer alle dieselbe Krankheit?" fragte sie besorgt. Besonders über Mike, dessen Zustand sie kurz gesehen hatte, war sie außerordentlich schockiert.
"Ja, sie haben alle dasselbe," sagte Mark.
Zufällig lief ich vorbei.
"Ein hübsches Mädchen," hörte ich seine Mutter flüstern.
"Oh ja, das finde ich auch," bestätigte er ebenso flüsternd, und er schien sich zu freuen, daß ich seiner Mutter aufgefallen war.

V

Dr. Ayaz war im St. Elizabeth Memorial der Arzt, der in der Röntgen-Radium-Abteilung für die Anzeichnung der Bestrahlungsfelder zuständig war. Mark meldete sich am nächsten Vormittag dort. Er mußte seinen Bademantel und die Pyjamajacke ablegen und vor einem riesigen Beleuchtungsschirm Platz nehmen. Dann begann Dr. Ayaz mit einem roten Fettstift dasselbe Muster auf seiner Haut aufzumalen, das Mark bei seinen Zimmerkollegen schon als so erschreckend empfunden hatte. Die Arbeit war äußerst kompliziert, und der Arzt hatte nicht einmal Zeit für eine Unterhaltung.

Bald war Marks Brust vollständig mit dem furchterregend roten Gitter überzogen. Die Striche zogen sich bis zu seinem unteren Gesichtsbereich hinauf. Er konnte die häßliche Bemalung nicht verstecken, nicht einmal, wenn er den Kragen des Bademantels hochschlug.

Nun gehöre ich endgültig in den Kreis der Ausgestoßenen, dachte er, zur Kaste der Krebskranken, dieses grellrote Kainszeichen ist für jedermann sichtbar.

Er spürte den Fettstift lange Linien auf seinem Rücken ziehen.

Obwohl er sich immer noch nicht krank fühlte, war diese rein optische Veränderung seines Aussehens ein weiterer großer Schock. Im Grunde fühlte er sich nicht anders als die Wochen zuvor, aber nun sah er völlig verunstaltet aus. Waren die kleinen Schnitte an seinen Füßen in ihrer Auswirkung vergleichsweise noch eine Kleinigkeit gewesen, inzwischen waren die Bandagen auch wieder entfernt, und er konnte auch wieder ohne Beeinträchtigung gehen, so bewiesen ihm die roten Gitter auf seinem Körper jetzt unverblümt und unmißverständlich und unerbittlich, wie ernst seine Lage doch sein mußte. Die Gedanken, daß alles vielleicht doch nicht so fürchterlich bedrohlich sei, wurden angesichts der grellen, ins Gesicht fallenden Bemalung eines unausweichbar Besseren belehrt.

Ein aus jeweils neun Feldern bestehendes Schachbrett bedeckte nun seine Brust und seinen Rücken bis über den Hals und über das Genick in die Haare hinein.

"Sie dürfen die Farbe auf keinen Fall abwaschen," belehrte ihn der Arzt. "Überhaupt dürfen Sie ab sofort keinen Tropfen Wasser mehr auf die Haut innerhalb der Felder bringen!"
Mark dachte daran, wie gern er schwimmen gegangen war. Er war immer ein überdurchschnittlich guter Schwimmer gewesen und liebte in den Sommermonaten Wassersport über alles.
Keinen Tropfen Wasser mehr auf die Haut?
Sie wußten nicht, was sie ihm mit ihrem Verbot antaten.
Als er gegen Mittag das Arztzimmer von Dr. Ayaz verließ, war er ziemlich niedergeschlagen. Rein äußerlich war er von den anderen Patienten der Station Osterberg fast nicht mehr zu unterscheiden.
Langsam und unglücklich schlich er auf sein Zimmer zurück.
Für George und die anderen war sein verändertes Aussehen offensichtlich nichts Außergewöhnliches, jedenfalls verloren sie kein Wort darüber, und auch ich fand die Bemalung nicht besonders aufsehenerregend. Mark allerdings beklagte sich bei mir, als die anderen nicht dabei waren, bitter darüber, daß er nun wie ein Punker herumlaufen müsse. Er schien der einzige, der unter seinen roten Gittern litt.
"Das ist doch nur ein kosmetisches Problem, das wieder vorübergeht," versuchte ich ihn zu trösten. "Wenn du dich schon über Dinge beklagst, die deine Schönheit betreffen, wirst du es mit größeren Problemen, die noch auf dich zukommen werden, nicht aufnehmen können."
"Ich lasse mich bestimmt nicht unterkriegen," schwor Mark. Trotzdem beharrte er darauf, daß er jetzt schrecklich aussehe.
Ich lächelte ihn an.
"Du gefällst mir auch mit Strichen im Gesicht, Mark," sagte ich. Ich bemerkte, daß ich errötete, und bevor er antworten konnte, drehte ich mich schnell um und verschwand unter irgendeinem Vorwand in irgendeinem Krankenzimmer.
Mark wartete, bis ich aus dem Zimmer wieder zum Vorschein kam.
"Du gefällst mir auch," sagte er dann, "das wollte ich dir nur mitteilen."

Ich wußte weder, warum er so mutig gewesen war, auf mich zu warten, noch warum er mir dieses Geständnis offenbart hatte. Aber ich konnte kaum verbergen, wie sehr ich mich darüber freute.
"Du sollst dich gleich nach dem Mittagessen im Bestrahlungskeller melden," wich ich aus. "Der Professor will, daß deine Strahlentherapie noch heute anfängt."
"Ich werde pünktlich hinuntergehen," versprach er.
Plötzlich begann er sich viel ernsthafter für mich zu interessieren. Er hätte nie daran zu denken gewagt, sagte er später, daß er eine Chance bei mir haben könnte. Doch sein Kompliment hatte mir gefallen, das hatte er gespürt, auch wenn ich meine Freude vor ihm zu verbergen gesucht hatte. Ein wenig war ich sogar aus dem Gleichgewicht geraten. Die Röte, die mein Gesicht überzogen hatte, hatte ihm meine Verlegenheit verraten.
Nur wegen seines Kompliments, das ich bestimmt von vielen Verehrern zu hören bekam?
Er gestand, daß ihn nun immer, wenn ich in der Nähe war, ein Gefühl der Unsicherheit befiel, ein Gefühl der Aufregung, mit der er in dieser Umgebung nie gerechnet hätte. Bedeutete er mir tatsächlich mehr als George oder Eric und alle anderen? Und wenn er mir wirklich etwas bedeutete - ging diese Zuneigung tatsächlich über die allgemeine Fürsorge einer Schwester zu einem kranken Patienten hinaus? Der Gedanke ernüchterte ihn schnell wieder. Natürlich, ich übte auf der Station ja nur meinen Beruf aus. Ich war für das Seelenheil aller gleichermaßen zuständig. Mußte aufmuntern. Trösten. Gute Laune verbreiten. Das war meine Aufgabe. Bei allen. Er war kein Sonderfall. Er war nicht favorisiert.
Wie hatte er sich einbilden können, daß ich seinetwegen aus dem Gleichgewicht geraten wäre!
"Heute nachmittag werde ich dich zum ersten Mal einpudern," kündigte ich lachend an.
"Ja, ja," sagte Mark abwesend. Seine augenblickliche Fröhlichkeit war wieder von ihm gewichen. "Ab jetzt darf ich mich ja nicht einmal mehr waschen."

Das leuchtende Schild *ACHTUNG-SPERRZONE* ist Mark

schon damals vor Ostern aufgefallen und auch am Vormittag, als er das Zimmer von Dr. Ayaz verlassen hat. Es befindet sich vor dem Eingang zur Station Osterberg dem Zimmer von Dr. Ayaz genau gegenüber. Ein kleiner Durchgang führt zu einem Lift, der unmittelbar in den Strahlenkeller hinunterfährt. Als Mark die gesperrte Zone betritt, befällt ihn ein Gefühl der Beklemmung.
Er hat den Kragen seines Bademantels bis zu den Ohren hochgezogen, so daß der Mantel die roten Linien fast verdeckt. Jetzt geht es also los, denkt er. Das ist der Startschuß. Jetzt fängt die Mühle erst richtig an.
Eric und die anderen haben erzählt, daß die Strahlen Übelkeit hervorrufen. Er hat mich gefragt. Ich habe ihn beruhigt und erklärt, daß es ganz unterschiedlich sei. Manche Patienten würden die Bestrahlung ohne jede Schwierigkeit vertragen.
Er fühlt sich immer noch gut, körperlich jedenfalls, von seiner Müdigkeit abgesehen. Er kann sich nicht vorstellen, daß es ihm plötzlich schlecht gehen soll. Er ist arglos, er hat sich nie darum gekümmert, wie man den Krebs bekämpft. Über die Behandlungsmethoden und ihre konkreten Auswirkungen hat er nur eine ungenaue Vorstellung.
Er drückt den Knopf, der den Fahrstuhl ruft. Seine Hände sind kalt, und er fröstelt ein bißchen wie damals im Röntgenraum. Ein Zeichen von Nervosität?
Jetzt beginnt sein persönlicher Kampf. Er weiß es, und er muß sich eingestehen, daß er gespannt ist. Auf den Bunker, die Strahlen. Und was sie in ihm anrichten werden.
Nachdem sich die Türen geöffnet und wieder geschlossen haben, setzt sich der Lift mit einem fast unmerklichen Ruck in Bewegung. Die kurze Fahrt dauert ewig, prägt sich ein, haftet unauslöschbar in seiner Erinnerung, setzt sich fest wie alles, was er in diesen Tagen erlebt. Irgendwie muß sein Verstand speichern, daß er eine entscheidende Phase seines Lebens durchläuft.
Der Fahrstuhl landet, und er findet sich in einem kahlen, halbrunden Gewölbe wieder. Die weißgetünchten Steinwände sind mit Postern beklebt, auf denen Arzneimittelfirmen mit lachenden, glücklichen Menschen für ihre Produkte werben und Gesundheit bis ins hohe Alter

versprechen.
Eine junge Frau geht an ihm vorbei in den Lift. Sie hält ein Baby im Arm, über dessen Schädel sich dicke rote Linien ziehen. Inzwischen kennt Mark diese Zeichen zur Genüge. Niemand hat ihm erzählt, daß es schon wenige Wochen alte Säuglinge mit diesen gräßlichen Strichen gibt...
Der Warteraum ist höchstens fünfundzwanzig Quadratmeter groß. Auf einem der Stühle, die in einer Reihe an der Wand entlang aufgestellt sind, sitzt als einzige Patientin eine Frau in mittlerem Alter. Mark bleibt trotz der freien Stühle stehen und wartet. Die Frau ist nicht gesprächig, blickt schweigend vor sich hin auf den Boden. Neben drei normalen Türen befindet sich eine größere aus Eisen.
Dahinter muß der Bestrahlungsraum sein, vermutet Mark. Die Tür und das Gewölbe, in dem er sich befindet, erinnern ihn tatsächlich an einen Bunker. Sie haben den Keller mit Recht auf diesen Namen getauft.
Außer dem Lift gibt es keinen direkten Zu- oder Abgang. Eine alte Steintreppe, die an einer Seite hinauf bis zur Decke führt, endet dort unter einer verschlossenen Falltür. Ein Notausgang, wenn der Fahrstuhl einmal streiken sollte.
Die Eisentür öffnet sich, ein Patient in einem gestreiften Bademantel schlurft, ohne sich umzublicken, zum Lift, drückt den Knopf nach oben. Die Frau erhebt sich stillschweigend und verschwindet ohne Aufforderung dort, wo der Mann hergekommen ist.
Mark klopft an die Tür, die der Eisentür am nächsten liegt. Eine Schwester streckt ihren Kopf heraus.
"Was wollen Sie?"
"Ich bin hier angemeldet," sagt Mark.
Der Raum hinter der Tür gleicht dem Tower eines Flughafens, auf dem die Lotsen ihren Dienst verrichten. Die Schwester nimmt an einem langen Schaltpult Platz, vor einer verwirrenden Unzahl von Knöpfen und Lampen, die in verschiedenen Farben blinken und leuchten.
Mark buchstabiert seinen Namen. Die Schwester ruft einen Arzt aus dem Hintergrund.
"Ist in Ordnung. Sie werden sofort anschließend eingestellt."
Eine ansteckende Hektik herrscht hier überall. Die Schwester drückt Knöpfe, Sensoren, steht auf, beobachtet, scheint

ständig in Bewegung. Dauernd läutet das Telefon.
"Bitte warten Sie draußen, bis Sie aufgerufen werden."
Als Mark wieder in den Vorraum kommt, warten schon zwei neue Patienten auf den Stühlen. Der Ablauf im Bunker funktioniert genau nach der Uhr. Es gibt keine Sekunde Zeit zu verschenken.
"Die Strahlenbombe ist teuer, und jede Verzögerung kostet Geld," erklärt ihm einer der Wartenden. Mark hat noch keine Ahnung, daß das Gerät, um die Anschaffungskosten zu decken, bis tief in die Nacht hinein ununterbrochen arbeiten muß.
"Alle hoffen auf diese einzige Möglichkeit," klagt der Mann bitter. "Man müßte zehn von den Dingern haben, und das würde immer noch nicht ausreichen."
Die Behandlung der Frau ist abgeschlossen.
Gespannt und voller nervöser Erwartung geht Mark an ihr vorbei in den Bestrahlungsraum. Hinter ihm schließt die Schwester die Eisentür zu.
Mark sieht sich um.
Zwei Ärzte in weißen Kitteln erwarten ihn schon.
Die Verbindungstür zum Tower steht offen. Der Strahlenraum selbst wirkt wie aus einer anderen Welt, unwirklich, gespensterhaft, leise. In der Mitte ein schmaler Tisch, gerade so lang, daß ein Mensch ausgestreckt darauf zu liegen vermag, ein schmales, hohes Gestell mit dünnen Beinen, lächerlich winzig in dem riesenhaften Raum unter dem eisernen Koloß, der fast die Hälfte des Raumes füllt und den dünnen Tisch mit seinem gewaltigen Gewicht zu erdrücken scheint.
"Ziehen Sie bitte die Jacke aus, und legen Sie sich hier drauf," fordert der Strahlenexperte neben dem Gestell. Er hat es erkennbar eilig.
Mark schlüpft aus seinem Bademantel und hängt die Jacke an einen Haken an der Wand. Dann steigt er auf den Tisch, vorsichtig, den dicht darüber hängenden Koloß nicht zu berühren, und legt sich folgsam auf den Rücken.
Die beiden Ärzte bedienen das Monster in täglich geübter Routine, bewegen es dicht über Marks Brust, diktieren Zahlen und Formeln, schalten Lampen ein und aus, sind ein eingespieltes Team. Jedes einzelne Feld auf seiner Haut

nehmen sie ins Visier. Mark verfolgt, wie sie das Lichtbündel nacheinander auf alle Felder richten, es jeweils der Größe anpassen, neue Zahlen diktieren. Die Schwester assistiert eifrig beim Schreiben. Das Monster hier im Bunker, das so nah über ihm hängt und ihn förmlich unter sich zu begraben scheint, ist von unvergleichbar größerer Dimension als alle Geräte, die Mark bisher beim Röntgen gesehen hat.
Das Blatt Papier in der Hand der Schwester füllt sich mit Ziffern und Kombinationen.
Als alle Felder erfaßt sind, muß Mark sich umdrehen, und die gesamten Berechnungen beginnen noch einmal auf dem Rücken. Nahezu eine volle Stunde sind die Ärzte mit ihm beschäftigt, bis sie zum Ende kommen und ihn heißen, sich wieder auf den Rücken in die Ausgangslage zu wenden.
Jetzt richten die Ärzte das Auge des Monsters auf das erste Feld an seinem Hals, und danach ziehen sich sowohl die Ärzte als auch die Schwester zielstrebig hinter die Panzerglasscheibe des Nebenraumes zurück. Die Tür wird geschlossen.
Plötzlich ist absolute, eine fast unnatürliche Stille ringsum.
Mark fühlt sich, unmittelbar unter dem tonnenschweren Koloß liegend, alleingelassen und ausgeliefert, und er ist ohne jede Ahnung, was im nächsten Augenblick auf ihn zukommen wird. Die Stille zerrt an seinen Nerven. Sein Herzschlag hat sich deutlich erhöht. Er weiß nicht, was passiert, wenn das Ungeheuer seine Strahlen ausspeit. Noch ist das Auge des Ungetüms, das ihn anstiert, auf seinen Hals fixiert, kaum einen halben Meter entfernt, dunkel und ohne Wirkung. Aber im nächsten Augenblick?
Es erscheint ihm rätselhaft, daß es einer so riesenhaften Maschine bedarf, eines so monumentalen Aufwands, nur um ein winziges Stück seines Körpers zu bestrahlen.
Aus irgendwelchen Lautsprechern vom Tower her kommt die Anweisung, daß er sich jetzt auf keinen Fall mehr bewegen darf. Er ist angespannt bis in die letzten Fasern seines Körpers.
Einsam allein unter dem Gerät.
Wird es heiß werden?
Die Strahlen sollen angeblich den Tumor verbrennen.

Wird die Hitze erträglich sein?
Er beruhigt sich. Auch George und Mike und Eric haben die Bestrahlung überstanden. Er wird die Bestrahlung ebenfalls überstehen.
Er hat versäumt, sie danach zu fragen, wie es im Bunker vor sich geht.
So ähnlich muß es Neil Armstrong ergangen sein, denkt er, als er zum ersten Mal auf den Mond gesprungen ist. Ins Unbekannte, ohne zu wissen, was auf ihn zukommt.
Dann weist er den Gedanken wieder von sich. Ich bin ganz schön überheblich, findet er, maße mir an, mich mit dem ersten Astronauten der Erde auf dem Mond zu vergleichen! Der ist wirklich ins Ungewisse gestartet. Aber ich? Ich habe lediglich Angst vor einer strahlenspeienden Maschine, die alle anderen auf der Station doch längst schon erlebt und hinter sich gebracht haben!
Ein Summen.
Ein ganz ruhiger, leiser Ton.
Die Schwester schaut über ihrem Pult durch das Panzerglas.
Nichts.
Nur dieses leise Summen. Sonst nichts.
Außer diesem Ton hat sich nichts ereignet.
Keine Hitze. Kein Schmerz. Keine Verbrennung, die er spürt.
Nichts!
Aber die Maschine ist dennoch in Betrieb. Dieses unscheinbare Summen müssen die Strahlen sein!
Seine ganze Verkrampfung löst sich auf. Er muß innerlich lachen, über sich selbst, über seine Angst, seine Abneigung gegen den Koloß über ihm.
Er spürt nicht einmal Wärme, gar nichts, es tut nichts weh, eine Behandlung, die nur aus einem leisen Summen besteht, hat er gefürchtet! Sogar eine harmlose Spritze ist unangenehmer und schmerzhafter als diese Strahlentherapie im Bunker!
Seine Euphorie kennt keine Grenzen. Er weiß noch nicht, daß das Gerät eine Zeitbombe ist, deren Wirkung erst mit Verzögerung einsetzt, ihn hinterlistig hinters Licht führt. Er denkt tatsächlich, daß die Strahlen angenehmer sind als eine Spritze. In diesem Augenblick ist er davon wirklich über-

zeugt. An diesem ersten Tag denkt er tatsächlich noch, daß das Summen eine Erleichterung bedeutet.
Sobald der leise Ton verstummt, wird die Tür des Nebenraumes aufgestoßen. Die Schwester eilt heran, verschiebt den Koloß, richtet das Auge neu ein. Dann flüchtet sie zurück auf ihren sicheren Beobachtungsposten, schließt die Tür, nach jedem Feld neu, insgesamt achtzehn Mal, nach neun Feldern auf der Brust und neun Feldern auf dem Rükken. Die Bestrahlungsprozedur dauert noch einmal fast dreißig Minuten lang. Seit eineinhalb Stunden liegt Mark jetzt insgesamt schon unter der Bombe.
"Sie können sich anziehen!"
Zum letzten Mal am ersten Tag hat sich die Tür zum Tower geöffnet. Während Mark seine Schlafanzugjacke überstreift, mahnt ihn die Schwester zur Eile. Wegen der langwierigen Einstellungsarbeiten ist im Ablauf des dichtgedrängten Zeitplanes eine Verspätung entstanden, die sich bis in die Nacht hinein fortsetzen wird. Draußen im Vorraum sammeln sich die Patienten. Alle sind geduldig. Kein einziges Wort der Beschwerde, des Vorwurfs, der Entrüstung. Krebspatienten sind Geduld gewohnt.
"Ab morgen kommen Sie regelmäßig nach dem Mittagessen," ruft die Bestrahlungsschwester durch die geöffnete Towertür, "täglich pünktlich um 13,30 Uhr!"
"Ja, in Ordnung!" bestätigt Mark.
Er verläßt den Bestrahlungsbunker. Alle Stühle draußen sind inzwischen mit Wartenden besetzt. Er geht an ihnen vorbei, fährt mit dem Lift nach oben.
Auf dem Korridor der Station trifft er Mike, der aus dem Bett aufgestanden und auf dem Weg zur Toilette ist. Er schleicht langsam an der Wand entlang wie ein uralter Mann. Mark sieht ihn zum ersten Mal gehen, und sein Anblick dämpft den Optimismus, den er aus dem Bunker mit heraufgebracht hat, wieder erheblich.
"Na, wie war die Premiere?" empfangen ihn im Zimmer George und Eric.
Mark lacht.
"Ich habe mir etwas Schlimmeres vorgestellt! Von der Bestrahlung habe ich überhaupt nichts gemerkt! Wenn das Restprogramm genauso verläuft wie die Premiere, habe ich

keine großen Einwendungen!"
Er setzt sich an den Tisch und füllt sich eine Tasse mit Tee, den die Küchenmädchen immer am Nachmittag servieren.
"Mir ist es jedenfalls nach jedem Bunker speiübel," sagt Eric, "aber das ist auch erst nach einigen Besuchen da unten losgegangen!"
"Nun jage Mark bloß keine Angst ein!" fährt George dazwischen. "Er muß seine Erfahrungen selber sammeln, und dann ist zum Kotzen immer noch Zeit genug!"
Er setzt sich zu Mark an den Tisch.
"Hör nicht auf Eric, der verträgt sowieso nichts. Mir macht die Bestrahlung überhaupt nichts aus, und ich bin schon in der zweiten Serie."
Ich kam mit der Puderdose in der Hand ins Zimmer und störte das Gespräch.
"Hinlegen!" befahl ich fröhlich. Mark legte sich gehorsam auf sein Bett.
"Ich habe gedacht, daß die Strahlen Hitze entwickeln!" erzählte er mir lachend. "Dabei spürt man nicht die geringste Kleinigkeit!"
Nachträglich erschien ihm seine Angst richtig belustigend.
"Das Pudern tut auch nicht weh," lachte ich.
Ich verrieb die weiße Substanz sorgfältig auf seiner Brust und seinem Rücken. Er gab sich der Behandlung wohlig hin und genoß sie mit sichtlichem Vergnügen.
"Warum ist dieses Zeug eigentlich notwendig?" fragte er mich während der Arbeit. Es war das Puder, das diesen typischen Geruch erzeugte, der überall durch die Station schwebte und in sämtlichen Kleidern hing.
"Der Duft ist scheußlich."
"Ohne Pudern geht es nicht," klärte ich ihn auf. "Es beugt Verbrennungen vor und verhindert ein Austrocknen der Haut."
Ich zögerte den Vorgang des Puderns über das unbedingt unumgängliche Maß hinaus. Obwohl Mark es sicher bemerkte, unterließ er jede Bemerkung. Vielleicht befürchtete er, daß ich meine Tätigkeit sofort eingestellt hätte, und er hätte den Vorzug des Verwöhntwerdens dann durch eigene Schuld verdorben. Meine Arbeit fand offensichtlich seinen uneingeschränkten Gefallen, und natürlich war ich an

einer langen Ausdehnung selbst außerordentlich interessiert. Wieder machte er sich seine Gedanken: Vielleicht war es nur Einbildung, daß ich ihn besonders lange und intensiv einpuderte? Vielleicht war es für den Erfolg ausschlaggebend, daß ich meine Arbeit so ausdauernd verrichtete?
Nein, bei den anderen brauchte ich auch nicht so lange. Auch die Berührungen gingen über den nüchternen medizinischen Zweck hinaus, der meine Aufgabe und mein Auftrag war. Unversehens verband uns eine Komplizenschaft und ein Geheimnis, das wir vor den anderen bewahrten und über das wir nicht sprachen.
Mark geriet in Hochstimmung. Nach der Erleichterung über den Strahlenbunker und der Erkenntnis, daß unser Verhältnis von besonderer Art war, war er plötzlich von dem unbändigen Willen beseelt, alle Probleme, die noch auf ihn zukommen würden, mit aller Kraft durchzustehen. Die Niedergeschlagenheit der vergangenen Tage machte der Überzeugung Platz, daß er nun den Kampf aufnehmen und gewinnen müsse. Er wollte sich stellen, mit aller Entschlossenheit, zu deren er fähig war, und er war sich seines Sieges jetzt absolut sicher.

VI

Mit der Zeit lernte Mark auch die anderen Patienten der Station Osterberg kennen. Abends versammelten sich die meisten, denen es gut ging, vor dem Fernseher, der ganz hinten am Ende des Korridors in einer Ausbuchtung stand. Jeder brachte seinen Stuhl mit, und manchmal, wenn ein guter Spielfilm oder ein größeres Sportereignis gesendet wurde, saßen sie wie im Kino in mehreren Reihen hintereinander. Die Stühle standen dann bis in den Gang hinein.

Gerade vor diesem einen Fernsehgerät war auffallend, daß es nie irgendeinen Ärger gab. Die Mehrheit bestimmte das Programm. In jeder Familie, jeder Gemeinschaft, jedem Club hätte es bestimmt Auseinandersetzungen gegeben, welche Sendung die sehenswertere sei. Hier erlebte man kein einziges Mal einen Streit darüber.

Obwohl an manchen Abenden bis zu vierzig Patienten beisammensaßen, ging es nie laut zu. Die Ruhe war der auffallendste Unterschied zur Chirurgie, wo die Patienten häufig herumalberten und zu Späßen aufgelegt waren. Auch vor dem Fernseher der Station Osterberg wurde gelacht, aber dieses Lachen war viel verhaltener, hatte meistens einen Beigeschmack von Galgenhumor, war nicht so direkt wie damals, als Mark noch auf der Chirurgischen Abteilung lag.

Über einen anderen Unterschied unterhielt er sich mit mir, und ich bestätigte seine Meinung: Fast alle Krebspatienten, die auf diese Station gelangten, waren sensibel und zurückhaltend, freundlich und umgänglich und in jeder Weise angenehm, es gab keine Choleriker darunter, keine polternden Temperamentsausbrüche, kein Geschrei.

"Es hat wirklich den Anschein, als ob nur empfindsame, gefühlvolle Menschen an Krebs erkranken," überlegte ich, "aber vielleicht sind auch die stilleren Menschen, die ihre Probleme allein und in ihrem Innern lösen wollen, nur eher gefährdet als Ellenbogenmenschen, die keine Rücksicht auf andere nehmen. Oft kann man den Eindruck haben, daß sich auf einer Krebsstation nur die wertvollen Menschen zusammenfinden, eigentlich ein kurioses Ergebnis, daß die bösen Menschen unangefochten bleiben, aber es kann auch

sein, daß die Krebsmenschen aufgrund des Schocks und der Veränderung ihres Lebens erst wertvoll werden."
Ärztlicherseits bestand für die Patienten keine Verpflichtung, sich am Abend ausnahmslos auf der Station aufzuhalten. Zwar war das Fernsehgerät die beliebteste Unterhaltungsmöglichkeit und Abwechslung, aber nach dem Abendessen war es auch erlaubt, die Station zu verlassen und bis 22.00 Uhr in der Stadt auszugehen. Einige Patienten nutzten das weidlich aus. George war einer von ihnen.
Er litt neben Lymphogranulomatose an Hodenkrebs, und man hatte ihm operativ einen Hoden entfernt.
"Jetzt geht es noch besser als vorher!" versicherte er allen, die es hören wollten.
Als ob er sich und den anderen den Beweis liefern wollte, war er allabendlich irgendwo in weiblicher Begleitung unterwegs. Einmal (es war kurz vor Marks Einweisung gewesen und alle erzählten davon) hatte man ihn mit der Nachtschwester der Station Osterberg in deren Bereitschaftszimmer erwischt, und sie war daraufhin auf eine andere Station strafversetzt worden. George freilich hatte sich von der Ermahnung, die Schwester Bonaventura ihm erteilt hatte, wenig beeindrucken lassen. Er stellte weiterhin jedem Mädchen nach, das ihm über den Weg lief, und bekannte sich ganz offen und ungeniert dazu.
"Wer weiß, wieviel Zeit mir noch bleibt!" lachte er, wenn er abends wieder bis spät in die Nacht auf Streifzug ging. Eric oder Mark hatten den Befehl, ihm das Fenster offenzuhalten, falls der Eingang schon verschlossen war. In der Eroberung des anderen Geschlechts, das mußten alle neidlos anerkennen, war er trotz seines Handicaps außerordentlich erfolgreich, und alle fragten sich, wo er die Mädchen überall kennenlernte.
Mike blieb meistens im Bett liegen. Eines Abends war er nach dem Nachtessen jedoch spurlos verschwunden. Er hatte sich nicht einmal verabschiedet, was ungewöhnlich war. Erst gegen Mitternacht tauchte er wieder auf und klopfte gegen das Fenster. Er hatte in einer Kneipe in Plainville seinen Kummer mit Alkohol ersäuft.
Die Folge ließ nicht lange auf sich warten: Am nächsten Tag stieg das Wasser in seinem Körper bis hoch in den Brust-

raum, und Dr. Lindbergh mußte ihm die Flüssigkeit aus dem Rücken holen. Die Apparatur sah aus wie ein kleiner Zapfhahn. Es war unglaublich, wieviel gelblich-trübes Wasser aus Mikes Rücken kam. Die Prozedur war äußerst schmerzhaft, und Mark schwor sich, niemals aus der Rolle zu fallen und Alkohol zu trinken.

Eric schien immer ausgeglichen. Er war verheiratet und hatte bereits zwei schulpflichtige Kinder. Seine Familie lebte weit entfernt, und Mark nahm an, daß sie ihn deshalb nicht besuchte. Eines Tages erzählte Eric jedoch, daß er Schwierigkeiten in seiner Ehe habe. Seine Frau habe ihn schon vor längerer Zeit verlassen und lebe jetzt mit einem Mann zusammen, der sein bester Freund gewesen war. Eric ging nie in die Stadt. Er war fast immer vor dem Fernsehgerät am Ende des Korridors zu finden.

Am Ende der ersten Woche wurde Mark auf der Station Osterberg zum ersten Mal persönlich und unmittelbar mit dem Tod konfrontiert. Es geschah, als er mit Eric und Sally, die im Zimmer nebenan untergebracht war, in der Fernsehecke saß und in Zeitschriften blätterte. Sally war ein hübsches Mädchen, erst achtzehn Jahre alt, und sie bereitete sich trotz ihrer Krankheit auf eine Prüfung vor, die sie demnächst absolvieren wollte. Vor kurzem war sie noch mit ihren Eltern im Urlaub gewesen. Ihr Gesicht war braungebrannt, und niemand unter Außenstehenden hätte nach ihrem Aussehen eine akute Erkrankung vermutet.

Sie waren alle guter Stimmung. Mark hatte sich nach dem Mittagessen der obligatorischen Bestrahlung im Bunker unterzogen. Er spürte immer noch keine schwerwiegenden Folgen. Die gefürchteten Auswirkungen der Strahlenbelastung waren bisher ausgeblieben. Sally löste ein Kreuzworträtsel. Eric las in einem Buch.

Plötzlich fiel Sally vornüber auf den Tisch. Ihr Kopf schlug auf der Platte auf. Dann rutschte sie seitlich vom Stuhl.

Eric fing sie auf, und sie legten sie vorsichtig auf den Boden. Es hatte sich nichts angekündigt. Es war wie aus heiterem Himmel ohne jedes Anzeichen gekommen. Mark rannte ins Stationszimmer.

"Sally!"

Seine Stimme versagte. Er deutete den Korridor nach hin-

ten.
Schwester Bonaventura rannte mit ihm. Dann rief sie den Arzt.
Mark und Eric mußten in ihr Zimmer gehen. Kein Patient durfte sich mehr im Gang aufhalten.
"Meinst du, daß sie tot ist?" fragte Mark.
"Ich weiß es nicht," antwortete Eric.
Sally war tot. Vor vier Wochen war sie noch mit ihren Eltern im Urlaub gewesen. Ihr Gesicht war braungebrannt. Niemand hatte damit gerechnet, daß sie sterben würde, auch sie selbst nicht. So schnell. Sie hatte sich täglich auf ihr Examen vorbereitet. Nun war sie plötzlich tot.
Auf einer Krebsstation entstehen enge Freundschaften. Jeder nimmt Anteil an den Sorgen und Problemen des anderen. Das gemeinsame Schicksal verbindet und erleichtert und macht das eigene erträglicher. Der Erfolg des anderen ist Hoffnung, jeder Mißerfolg ein Rückschlag für alle.
Sallys Tod hinterließ bei Mark tiefe Spuren. Nach außen zeigte er seine Betroffenheit nicht, aber innerlich verfiel er tagelang ins Grübeln.
Zum ersten Mal war er dem Tod in seiner nächsten Nähe begegnet. Das Erlebnis war eine neue und erschreckende Erfahrung für ihn.
"Glaubst du eigentlich an Gott?" fragte er mich an diesem Abend.
"Ja," sagte ich.
"Ich weiß nicht, warum Gott manche Menschen so jung sterben läßt und andere nicht," überlegte er. "Ich kann mir keinen Reim darauf machen, warum die einen Menschen Krebs bekommen und die anderen nicht, aber er wird schon seine Gründe haben, meinst du nicht?"
"Ja, sicher," sagte ich.
"Siehst du, ich habe sogar Priester werden wollen, früher, als ich dreizehn oder vierzehn Jahre alt war. Nachher ist dieser Wunsch wieder verschwunden, aber ich bin immer regelmäßig in die Kirche gegangen. Seit zwei Jahren bin ich nun nicht mehr in der Kirche gewesen, du darfst nicht denken, daß ich ein Atheist geworden wäre, ich habe es einfach versäumt, nur so, aus reiner Bequemlichkeit. Meinst du, daß er mich dafür bestrafen will?"

"Nein, das glaube ich nicht." Ich schüttelte den Kopf. "Dann müßte er doch viele Menschen bestrafen."
"Ich habe trotzdem ein schlechtes Gewissen. Zeigst du mir, wo die Kapelle ist?"
Wir liefen hinaus in die Sonne und durch den Park.
"Glaubst du an das Leben nach dem Tod?" fragte Mark. Er hatte sich während seines Aufenthalts auf der Station Osterberg viel mit dieser Frage beschäftigt.
"Es muß das Paradies geben," sagte er bestimmt, "sonst wäre das Leben auf der Welt ungerecht."
In der Kapelle setzten wir uns auf eine Bank. Nach dem Spaziergang durch den Park waren die Station und der penetrante Geruch weit entfernt. Obwohl es auch auf der Station nicht laut zuging, war die Stille hier unübertrefflich.
Nachher gestand Mark, daß er gebetet habe.
"Ich werde jetzt öfters in die Kapelle gehen. Ich glaube, es ist sehr wichtig für mich."
"Ich habe auch gebetet," sagte ich.
Von diesem Augenblick an suchte Mark an jedem Tag irgendwann die Kapelle auf.
"Es sind richtige Unterhaltungen," teilte er mir einmal mit, "nichts Einseitiges, etwas, das nur von mir allein kommt, ich spüre Resonanz, ich führe jedes Mal ein wirkliches Gespräch."
Als ich nichts sagte, fügte er gleich entschuldigend hinzu: "Du darfst nicht denken, daß ich besser behandelt werden will als die anderen, aber so kann ich meine Lage besser bewältigen."

Carol war in der ersten Woche nur zweimal zu Besuch gekommen. In der zweiten Woche kam sie kein einziges Mal. Seine Mutter verschwieg, daß sie Carol in dem Appartementhaus schon mehrfach mit einem jungen Mann angetroffen hatte, aber Mark kam auch so dahinter. Er hatte schon immer eine feinfühlige Antenne in sich getragen, und obwohl Carol es bei ihrem letzten Besuch noch heftig dementiert hatte, war er sicher, daß eine Veränderung in ihrem Verhältnis eingetreten war.
"Carol hat erzählt, daß jetzt Cliff in der Volleyballmannschaft an meiner Stelle spielt. Er soll große Fortschritte

gemacht haben und fast schon so gut sein wie ich."
"Ist dein Ehrgeiz deshalb gekränkt?" fragte seine Mutter. Mark wich aus.
"Ich weiß, daß ich nicht unersetzlich bin. Solange ich gespielt habe, war Cliff nur Ersatzmann. Aber jetzt scheint er auch meine Stelle bei Carol eingenommen zu haben."
Er begründete seinen Verdacht mit dem Ton, in dem Carol von Cliff geredet hatte, und er täuschte sich selten, wenn er einmal einen bestimmten Verdacht gewonnen hatte.
Seine Mutter wollte ihn trösten, aber er wehrte sich sofort.
"Ich werde darüber hinwegkommen," stellte er fest. "Carol hat lediglich einen strahlenden Sieger verehrt. Ein gepuderter Invalide auf der Krebsstation entspricht nicht mehr ihrer Vorstellung."
Er beschloß, Carol nicht mehr zu empfangen.
"Sie soll mich ab sofort nicht mehr besuchen," trug er seiner Mutter auf. "Ich kann nicht ausstehen, wenn sich jemand zu einem Krankenbesuch verpflichtet fühlt."
Damit war das Thema nach außen für ihn erledigt.
Von seiner Enttäuschung im Innern, die vorhanden sein mußte, ließ er sich nichts anmerken. Das war allein seine Sache, und damit wollte er auch allein fertig werden.

VII

Ungefähr nach der halben Bestrahlungsserie schien sich alles gegen Mark zu verschwören. Das Blatt wendete sich, und erstmals tauchten die gefürchteten Einwirkungen der Strahlen auf.

Am Anfang spürte Mark nur eine leise Übelkeit, wenn er den Bunker hinter sich hatte und schon wieder auf der Station war. Ein Feld lag im Bereich des oberen Magens, und es konnte nicht ausbleiben, daß gerade dort die Strahlen ihren ersten Tribut forderten. Die ersten Anzeichen waren noch auszuhalten. Denn auf der anderen Seite gingen die Knoten in den bestrahlten Feldern merklich zurück, und dieser erkennbare Erfolg war wichtiger, richtete ihn auf, ließ ihn die zwangsweise damit verbundenen Folgen zunächst widerspruchslos ertragen.

Doch dann drangsalierten ihn die Nebenwirkungen immer mehr.

Die Übelkeit setzte schon während der Bestrahlung selbst ein. Schon in der Anfangsphase, nach den ersten Feldern, mußte er sich mit Brechreiz herumschlagen, und das ekelhafte Gefühl quälte ihn während der gesamten Dauer, die er unter der Maschine zubringen mußte, und darüber hinaus.

Die Strahlenschwester stellte ihm eine Schale für den Fall bereit, daß er sich übergeben müsse. Der Anblick der Schale machte das Gefühl noch schlimmer. Der tägliche Gang in den Strahlenbunker wurde zur Tortur.

Insgesamt eine halbe Stunde mußte er durchhalten. Jeden Mittag neu. Um den Brechreiz zu mildern, verzichtete Mark nun auf das Mittagessen. Sein Appetit ließ sowieso erheblich nach, und er verlor erschreckend an Gewicht.

Er erlegte sich die Pflicht auf, die Therapie nicht abzubrechen, auch wenn er sich schlecht fühlte, aber die Fahrt mit dem Lift hinunter in den Keller fiel ihm immer schwerer.

Eineinhalb Wochen noch. Dann würde die erste Serie geschafft sein.

Eineinhalb Wochen, und jeden Tag dreißig Minuten lang.

Er bezweifelte, ob er die lange Zeit noch durchstehen könne. Irgendwie gelang es ihm auf unerfindliche Weise jedes Mal, der Maschine noch einmal seinen geballten Widerstand

entgegenzusetzen.
Schon im Fahrstuhl dachte er mit Schrecken an das Würgen der nächsten halben Stunde. Unter dem Monster zwang er sich, der Gefahr zu entgehen, indem er an Dinge dachte, die mit dem Bunker und dem Memorial möglichst nicht in Verbindung standen. Er dachte an die vergangene Meisterschaft seiner Volleyballmannschaft, an erfreuliche Ereignisse, die sich in seiner Erinnerung eingeprägt hatten, aber es gelang ihm nur unvollkommen, die Gedanken kehrten immer wieder in seine gegenwärtige Umgebung zurück. Er dachte an Carol, und diese Gedanken führten ihn zwangsläufig zurück in die Wirklichkeit.
Irgendwann kam er darauf, daß er am besten abgelenkt war, wenn er an mich dachte, so sagte er jedenfalls, er verlor sich in Traumbilder und wunschhafte Vorstellungen, aber auch diese Methode half auf die Dauer nur begrenzt.
Er zählte die Minuten.
Noch zehn.
Noch acht.
Bloß nicht nachgeben.
Nicht auf die Brechschüssel sehen. Andere Gedanken. Andere Gedanken!
Noch sechs Minuten.
Schon wieder zwei Minuten vorbei. Diese sechs Minuten werde ich auch noch schaffen.
Er würgt. Der Magen droht sich umzustülpen. Übelkeit bis in die Haarspitzen.
Die Schwester kommt. Unterbricht. Noch zwei Felder. Bald ist es zu Ende.
Das Summen, das längst keine Erleichterung mehr ist.
Er liegt apathisch auf dem Bauch. An gar nichts denken. An nichts. Noch vier Minuten an gar nichts denken. Würgen. Gut, daß ich nichts gegessen habe. Jennifer. Ich werde es schaffen.
Das letzte Feld. Endlich. Für heute.
Und morgen?
Bloß nicht an morgen denken.
Endlich. Das Summen schweigt.
Die Schwester kommt herein und erlöst ihn.
Er streift die Schlafanzugjacke über. Vorbei an den Patien-

ten draußen. Bloß vorbei. Den Lift hinauf. Oben holt ihn die Übelkeit ein.
Bis zum Ende der Bestrahlung hat er durchgehalten. So lange. Jetzt schüttelt ihn die Übelkeit in wilden Krämpfen. Er rennt auf die Toilette und übergibt sich in galligen Stößen. Es ist keine Erlösung.
Er wundert sich, warum er nicht schon im Bestrahlungskeller erbrochen hat. Irgend etwas hat ihn davon abgehalten. Hat ihn davor bewahrt. Auf der Toilette ist er allein. Hier gibt es keine Zeugen. Lieber auf der Toilette als unter dem Strahlenkoloß.
Nachher legt er sich in sein Bett. Er ist ausgezehrt, geschwächt, erschöpft. Das Würgen schmerzt in seiner Speiseröhre. Die Strahlen tun ja gar nicht weh! Hat er tatsächlich einmal gedacht, daß die Strahlen harmlos sind?
Er legt sich auf die Seite und zieht die Beine an. So kann er die Übelkeit besser verkraften.

Schlimmer als die Auswirkungen der Strahlenbombe war der Umstand, daß die außerhalb der Felder gelegenen Knoten einfach weiterwuchsen. Sie wuchsen schneller als die Strahlen die Knoten in den Feldern vernichten konnten. Es war ein Wettlauf mit der Zeit, und die Maschine drohte hoffnungslos in Rückstand zu geraten.
"Wir können nicht alle Knoten gleichzeitig bestrahlen, aber wir müssen versuchen, das Wachstum der anderen Knoten wenigstens aufzuhalten," sagte Professor Dr. Barkley während der Visite. Er beschloß, zusätzlich eine leichte Chemotherapie einzusetzen.
"Es gibt im Moment keine andere Möglichkeit."
Beide Therapien nebeneinander waren eine fast unvertretbare körperliche Belastung, aber Marks einzige Chance. Seine Blutwerte waren schon während der Bestrahlung regelmäßig schlechter geworden. Jetzt verringerte sich vor allem die Anzahl der Leukozyten rapide und besorgniserregend. Seine Stimmung schwankte häufig. Phasen aufkommender Hoffnung folgten wieder Zeiten, in denen er resignieren und aufgeben wollte. Als ein weiteres Ereignis eintrat, geriet Marks psychischer Zustand in ein absolutes Tief:

An jedem Morgen pünktlich um 5,30 Uhr ging die Nachtschwester durch sämtliche Krankenzimmer und beendete den Schlaf der Patienten, indem sie das Licht anschaltete und Fieberthermometer auf alle Betten verteilte. Sobald sie das letzte Zimmer hinter sich hatte, begann sie wieder von vorn. Wenn sie das zweite Mal kam, waren genau fünf Minuten vergangen, und in dieser Zeit mußten alle ihre Körpertemperatur gemessen und das Thermometer zum Ablesen auf dem Nachttisch bereitgelegt haben. Sie las dann die Werte ab und übertrug sie auf das Krankenblatt, das an jedem Bett am Fußende angebracht war.
Es war ein tägliches Zeremoniell, das immer in derselben Weise und auf die Minute pünktlich ablief. Genauso gehörte das Murren der Schläfer dazu, aber die Nachtschwester war unbestechlich und ließ sich weder durch süße Komplimente noch wilde Drohungen beeindrucken.
Besonders Mike schimpfte über die frühe Störung jedes Mal lautstark. Da das Frühstück und die Kolonne, die für das frische Beziehen der Betten zuständig war, erst gegen acht kamen, wollte niemand recht einsehen, warum die Nacht schon zwei Stunden früher nur wegen dieser läppischen Fieberthermometer vorbei sein sollte. Es lag daran, daß der Nachtdienst eben um 6,00 Uhr zu Ende war, und natürlich wollte die Schwester anschließend nach Hause gehen, doch ihre Arbeit blieb ein ständiges Ärgernis und allmorgendlich von dem unüberhörbaren Protestgeschrei der Betroffenen begleitet.
Auch an diesem Morgen geht die Tür auf, das Licht blendet, die Stimme der Schwester reißt ihn aus allen Träumen.
"Los, los, aufwachen! Fieber messen!"
Die Thermometer fallen auf die Betten. Die Stimme lacht.
"Wehe, wenn ihr in fünf Minuten nicht gemessen habt!"
Das Licht bleibt angeschaltet, das Stakkato der Schuhe entfernt sich ins Krankenzimmer nebenan, dieselbe Aufforderung, vermutlich dasselbe Murren, die Stimme setzt sich fort, den ganzen Korridor entlang.
Mikes altbekannte Reaktion bleibt aus.
George schält sich langsam aus seinem Kissen.
"Hey, aufwachen, Freunde, die Nacht ist um und vorbei!"
Mark dehnt sich müde, nimmt das Thermometer von der

Bettdecke.
"An diesen Auftakt werde ich mich nie gewöhnen," flucht George gähnend. "Das verdammte Weib hat mich aus dem schönsten Traum gerissen. Es ist eine Gemeinheit!"
Eric tastet schlaftrunken nach dem Thermometer.
"Sei nicht so laut, du Sadist," beschwert er sich, "ich bin gleich wieder weg."
Mike macht keine Anstalten, sich von der Störung in seinem Schlaf beeindrucken zu lassen. Das Fieberthermometer liegt unberührt auf seinem Bett.
"Hey, willst du streiken, Bruder?" ruft George. "Willst du heute Befehlsverweigerung machen? Das ist ja etwas ganz Neues! Aber das nützt dir auch nichts, wegen der paar Minuten, die du herausschlägst!"
Er wirft sein Kissen hinüber und trifft Mike mitten im Gesicht, doch Mike rührt sich immer noch nicht.
"Ich glaube, der Kerl probiert eine neue Masche aus!" lacht George, doch gleichzeitig wird er unsicher, plötzlich ist er hellwach, und auch die anderen merken, daß irgend etwas nicht stimmt an diesem Morgen.
"Hey, Mike, wach doch auf, es hat keinen Zweck."
Immer noch liegt das Fieberthermometer auf seiner Bettdecke.
"Mach bloß keinen Quatsch!" murmelt George, während er aus seinem Bett steigt. Auch Mark und Eric sehen aufmerksam hinüber. Mike bleibt unbeteiligt, trifft immer noch keine Anstalten, aufzuwachen.
George holt sein Kissen zurück, das er ihm gegen den Kopf geworfen hat. "Der scheint aber wirklich den Schlaf des Gerechten zu schlafen..." Dann wird er blaß.
Kein Wunder, daß Mike sich nicht um das Thermometer kümmert, um das Licht, um die Schwester.
"Ich glaube, schaut mal, ich weiß nicht..."
George schleicht zurück in sein Bett, krampfhaft sein Kissen an sich drückend, versteinert und wie vor den Kopf geschlagen.
"Oh je, ich glaube, mit Mike ist es aus."
Er sitzt aufrecht im Bett. Plötzlich ist eine Stimmung im Zimmer, als seien alle erstarrt, ohne Atem, sie sehen gelähmt auf das Bett am Fenster, können es nicht verarbei-

ten, nicht begreifen. Es muß in der Nacht geschehen sein. Sie haben nichts gemerkt, sie haben alle geschlafen, als es geschehen ist.
Die Schwester kommt zurück.
Sie können es nicht fassen. Obwohl man damit hat rechnen müssen, sein Zustand war immer schlechter geworden, die Tatsache und die Endgültigkeit sind unvorstellbar. Gestern ist seine Frau noch dagewesen. Seine kleine Tochter Melanie. Gestern abend. Und sie haben alle nichts geahnt.
Sein Bett wird hastig hinausgerollt. Er liegt auf dem Kissen, als ob er schläft. Zuletzt hat er schlimm gelitten.
Für George und Eric und Mark ist er ein Freund gewesen. Sie haben ihn gekannt, seine Familie, seine Hoffnungen, seine Wünsche.
Ja, er hat schlimm gelitten in der letzten Zeit.
Manche werden sagen: Jetzt hat er es geschafft. So ist es besser für ihn.
Nein, das hat er nicht schaffen wollen! Er hat nicht sterben wollen! Er hat leben wollen, mit seiner Familie, mit seinem Kind!
Ohne Schmerzen ist er ein fröhlicher Mensch gewesen. Sie fassen es nicht.
Ein neues Bett wird hereingerollt. Ein neues, frisch überzogenes, weißes Bett.
Bald wird ein neuer Patient drinnen liegen, mit neuen Hoffnungen, neuen Wünschen.
Am Nachmittag holt Mikes Frau seine Sachen ab. Sie trägt bereits schwarze Kleider und weint. Sie kennen sich aus tausend Besuchen und endlosen Gesprächen. Sie kennen sich fast wie eine enge Familie. Weder Mark noch Eric schämen sich ihrer Tränen.
"Es tut uns sehr leid," sagt George mit trockener Kehle, und alle kommen sich merkwürdig hilflos vor.
"Danke," sagt seine Frau. Ihre Lippen zittern. "Ihr seid immer eine nette Truppe gewesen. Das hat ihm sehr geholfen. Jetzt wünsche ich, daß ihr mehr Glück haben sollt als er. Ich wünsche euch alles Gute."
Mikes Tod war mehr als nur der Verlust eines guten Freundes. Auch eigene Hoffnungen und Chancen, die Mark sich ausgerechnet hatte, gingen mit ihm verloren.

In den nächsten Tagen konnte er nicht mehr glauben, daß seine Aussichten sehr erfolgversprechend waren, zumal er sich selbst gerade in einer sehr schlechten körperlichen Verfassung befand. Mikes Tod war nun schon sein zweites Erlebnis innerhalb kurzer Zeit, und er beschäftigte sich innerlich sehr damit. Er hatte Mike noch näher gekannt als Sally, beide waren jung gewesen wie er, und Mikes Bild verfolgte ihn bis in seine nächtlichen Träume hinein.
George und Eric überstanden das Ereignis schneller. Sie lagen schon länger auf der Station und hatten sich angeblich an das Sterben bereits gewöhnt.
"Im Grunde ist es doch die natürlichste Sache der Welt," sagte George mit spöttischem Zynismus. "Alle Menschen müssen irgendwann sterben. Wir liegen nur an einem Ort, wo eben häufiger gestorben wird. Das ist alles. Es ist nichts Besonderes."
Niemand konnte ihm widersprechen. Jeden Tag sterben viele Menschen überall auf der ganzen Welt. Aber Mark war außerhalb der Station Osterberg noch nie unmittelbar auf den Tod getroffen, er war in seinen Gefühlen noch nicht abgehärtet, abgestumpft.
"Der Tod hat nie Normalität," sagte ich, "auch auf dieser Station nicht."
Auch ich war über Mikes Tod sehr betroffen. Immerhin hatte ich ihn ein ganzes Stück Weg in seinem Leben begleitet, hatte mit ihm gehofft, gebangt, und am Ende waren alle Anstrengungen doch umsonst gewesen.
"Aber es gibt immer wieder auch schöne Erfolge," sagte ich, "an denen man sich wieder aufrichten kann. Es sind durchaus nicht die meisten, die sterben müssen."
Um Mark nach den beiden Niederschlägen, die er erlebt hatte, wieder zu ermutigen, besorgte ich Statistiken über verschiedene Krebserkrankungen, nach denen seine Krankheit fast ganz oben auf der Erfolgsbilanz stand.
"Weißt du, bei denen, die gestorben sind, haben sich immer noch zusätzliche Komplikationen ergeben. Mike ist nur gestorben, weil sich in seinen Lungen Wasser gebildet hat."
Tatsächlich gab die Statistik Mark psychologisch wieder einen gewissen Aufschwung. Er las, daß über siebzig Prozent den wichtigen Zeitraum von fünf Jahren überlebten.

Also standen seine Chancen nicht grundsätzlich schlecht.
"Ich werde mich deshalb nicht unterkriegen lassen, nur keine Angst, jetzt erst recht nicht," versprach er mir trotzig. Aber schon der nächste Termin unter der Kobaltbombe im Strahlenbunker kratzte an seiner trotzigen Auflehnung schon wieder enorm und erstickte im Brechreiz und Schwindel jede aufkommende Zuversicht.
"Ich halte diese Umgebung nicht mehr aus!" beschwerte er sich bei mir. "Wenn ich diesen Gestank nicht mehr riechen muß, werde ich aufblühen wie ein neuer Mensch!"
Es war nur die Aussicht auf das nahe Ende der Strahlenserie, die ihn jeden Tag nach dem Mittagessen in den Bunker neu hineinmotivierte.
Die Zeiten, in denen er das Im-Bett-Liegen und die Ruhe und die Pflege noch genoß, waren längst vorüber. In den ersten Tagen, damals noch im Anderson-Hospital, hatte er vorübergehend die Ruhe wirklich genossen. Ein paar Tage Ausspannen, hatte er gedacht, ein paar Tage Kranksein sind gar nicht übel. Aber diese Einstellung hatte sich schnell geändert.
Inzwischen war jeder Tag mit Langeweile angefüllt. Abgesehen von den Unterbrechungen, die über die Stunden hinweg verteilt waren, gab es kaum Abwechslung, waren die Patienten auf sich allein gestellt. Viele verbrachten fast die ganze Zeit im Bett. Mark dagegen war eisern bestrebt, der Versuchung nicht zu erliegen, und zwang sich, wenigstens in den Pausen aufzubleiben und einer "nützlichen Beschäftigung" nachzugehen, wie er sich ausdrückte.
Das Tagebuch, das er zu schreiben angefangen hatte, war eine solche. Er führte es konsequent weiter, und verdächtig häufig auf den letzten Seiten tauchte darin mein Name auf. Ich war für ihn zu einem Objekt schwärmerischer Anbetung geworden, und in seinen schriftlichen Aufzeichnungen konnte er seiner Bewunderung unverhüllt Ausdruck verleihen. Besonders seit sein Verhältnis mit Carol zu Ende war, übertrug er seine gesamte Zuneigung auf mich. Ich wurde zur Hauptdarstellerin seiner autobiographischen Dokumentation, ohne es zu wissen.

VIII

Marks Zustand verschlechterte sich bedrohlich. Seine Blutwerte sanken ab, und sein Körper lehnte sich gegen die Doppelbelastung der Strahlen und Chemikalien immer mehr auf. Die Behandlung bewegte sich an der Grenze des "Gerade-noch-Zumutbaren."
In diesen Tagen kam die Nachricht Marie-Louises, daß sich die Krankheit seines Vaters verschlimmert habe, und sie schrieb, daß seine Mutter unbedingt nach Hause kommen müsse, wenn es nicht zu spät sein solle.
"Fahr ruhig nach Hause, Mam," sagte Mark. "Mir kannst du hier sowieso nicht helfen, ich muß die Therapien durchstehen, Pa braucht dich jetzt dringender als ich."
"Ich werde mit dir telefonieren," versprach seine Mutter. "Und sobald es mir möglich ist, werde ich wieder zurückkommen."
"Ist schon gut, ich werde an euch denken," sagte Mark. "Außerdem brauchst du dir meinetwegen keine Sorgen zu machen, ich komme aus der Talfahrt auch wieder heraus."
Er sah wirklich furchterregend aus. Seine früher schönen, lockigen Haare waren an vielen Stellen ausgefallen, der Rest war durch die Behandlung stumpf und dünn und strähnig geworden. Er konnte ganze Büschel ohne besondere Schwierigkeit mit den Händen herausziehen. Sein Gesicht war hohlwangig und bleich, seine Augen lagen glanzlos und tief in den Höhlen. Für Besucher, die ihn eine Weile nicht gesehen hatten, gab er ein erschreckendes Bild. Einige seiner Freunde aus der Universität hatten ihn anfangs im Memorial besucht, ein paar Kameraden aus der Volleyballmannschaft, aber als sein Aussehen immer schlechter wurde und seine Haare auszufallen begannen, wehrte sich Mark, weiterhin Besuche zu empfangen, und die Kameraden kamen auch von selbst nicht mehr. Vielleicht hatten sie Angst vor Ansteckung, oder seine Gestalt schreckte sie ab. Nach der Abreise seiner Mutter fiel nun auch dieser tägliche und zur Gewohnheit gewordene Besuch aus und machte die Tage im Memorial noch langweiliger.
Der Ablauf der Kliniktage wiederholte sich in penetranter Eintönigkeit, und Mark beschrieb in seinem Tagebuch einen

typischen Klinikalltag so:

Nach dem Frühstück, wenn die Putzkolonne durch das Zimmer gezogen ist, kommt das Warten auf die Visite. Es ist der spannendste und gefürchtetste Augenblick des ganzen Tages. Denn jedes Mal haben die Ärzte neue Ideen. Täglich fallen ihnen neue Schikanen ein, und mit ihren fachmännischen Bezeichnungen wie Sternalpunktion oder Beckenkammbiopsie bin ich inzwischen bestens vertraut. Danach stehen nur noch das Mittagessen, der Bunker und das Abendessen auf dem Programm, und irgendwann dazwischen Jennifers Einpudern. Ich kann fast nicht glauben, daß ein Tag jemals wieder anders aussehen wird.

An einem anderen Tag ließ er sich näher über die Küchenmädchen aus:

Das Essen ist nicht großartig, aber auch nicht schlecht. Aber müssen die Küchenmädchen es immer mit Gesang servieren? Sie singen so falsch, daß sogar Schwester Bonaventura ihr Gesicht verzieht. Und die ist wirklich sehr tolerant. Statt dessen sollten sie lieber mal ihre Schürzen waschen. Manchmal sind sie dreckiger als die Trikots der Spieler nach einem Rugby-Match.

Die Sternalpunktion, die Mark in seinem Tagebuch erwähnt hatte, erbrachte keine gute Nachricht, und die spätere Absplitterung eines kleinen Stückchens des Beckenknochens bestätigte sie leider. In seinem Knochenmark fanden sich bereits erkrankte Zellen, und das bedeutete, daß die bösartige Erkrankung schon erheblich fortgeschritten war.
Bei einer der nachfolgenden Visiten ordnete Professor Dr. Barkley daraufhin eine Laparaskopie an.
"Wir müssen Klarheit erhalten, inwieweit bereits Organe befallen sind," erklärte er Mark.
Außer der Lymphographie hatten alle Eingriffe, die bisher auf der Station Osterberg vorgenommen worden waren, im Krankenzimmer stattgefunden.
Dieses Mal aber mußte Mark auf eine Liege umsteigen, das war neu, und er wertete die abgeänderte Prozedur als Zei-

chen einer besonderen Gemeinheit, die sich die Ärzte wieder hatten einfallen lassen.
Ich rollte ihn auf dem Gestell den Gang entlang und aus der Station hinaus. Er fragte scherzhaft, was man jetzt wohl wieder mit ihm anstellen wolle.
"Ich werde doch mit dem Leben davonkommen?"
Er lachte, aber nach den schmerzhaften Erfahrungen, die er bei jedem Eingriff und jeder Behandlung der vergangenen Wochen hatte sammeln und erdulden müssen, hatte er doch eine Menge Angst, was nun schon wieder hinter dieser neuen Anordnung steckte.
"Das ist ähnlich wie eine Punktion," versuchte ich ihm zu erklären. "Heute abend kannst du schon wieder herumlaufen."
Er schien nicht sehr beruhigt.
Ich rollte ihn einige Gänge weiter, an der Röntgenstation vorbei, und hielt vor einem kleineren Operationssaal an.
Im Gegensatz zu früheren Zeiten war Mark nicht mehr bereit, alles widerspruchslos über sich ergehen zu lassen.
"Von Operation war aber nicht die Rede!" erschrak er, als er das leuchtende Schild an der Tür entdeckte. Professor Dr. Barkley hatte ihn nicht nach seiner Einwilligung gefragt.
"Langsam habe ich wirklich die Nase voll von diesen ständigen Überraschungen!"
Ich mußte alle Überredungskünste aufwenden, um ihn von der Notwendigkeit des Eingriffs zu überzeugen und davon, daß die Bauchspiegelung tatsächlich keine große Operation war.
"Okay," meinte er schließlich, "ich bin wieder mal einverstanden. Aber das nächste Mal will ich wenigstens förmlich gefragt werden."
Es gab keine besonderen Komplikationen. Dennoch behielt Mark die Laparaskopie als eine der unangenehmsten Begleiterscheinungen in seiner Erinnerung.

"Wie fühlen Sie sich?" fragte der Arzt, ein anderer namens Dr. Lund.
Wenigstens erkundigt er sich nach meinem Befinden, dachte Mark unfreundlich. Er japste nach Luft. Sein Bauch war zu einer überdimensionalen Kugel aufgeblasen.

"Nicht gerade berauschend," keuchte er kurzatmig.
Die Ordensschwester, die dem Arzt assistierte, lächelte Mark aufmunternd zu, als wollte sie dadurch seine Lage verbessern.
Dr. Lund setzte seine Suchaktion in dem Gebilde, das einmal Marks Bauch gewesen sein mußte, ohne besondere Rücksichtnahme fort. Ungeachtet von Marks Situation schien er unendlich viel Zeit zu haben. Die lokale Betäubungsspritze in die Bauchdecke am Anfang hatte Mark noch nicht sehr zu schaffen gemacht. An solche Feindseligkeiten hatte er sich seit seiner Einlieferung und dem Zeitpunkt, in dem die Mediziner die Macht über ihn übernommen hatten, hinlänglich gewöhnt. Doch danach hatte Dr. Lund seine Bauchdecke mit mehreren kleinen Einschnitten versehen und ein längliches Rohr eingeführt, und die Schwester hörte nicht auf, mittels eines Apparates unbarmherzig Preßluft in ihn hineinzupumpen. Da nur eine örtliche Betäubung bestand, konnte Mark Augenzeuge der erstaunlichsten Veränderung werden, die er jemals an sich beobachtet hatte.
In der Mitte seines Körpers begann sich ein praller Ballon zu erheben, und die Schwester blies unaufhörlich immer mehr Luft hinein, bis er das Gefühl hatte, daß er platzte. Als sie das Gerät, das ihn zu diesem Luftballon emporwachsen ließ, endlich abstellte, schien sein Magen unmittelbar gegen den Hals zu drücken.
"Die letzte Phase einer Schwangerschaft ist ganz ähnlich," beteuerte die Schwester beruhigend.
Dann bin ich glücklich, daß ich nicht als Frau geboren bin, dachte Mark. Er schwor, in Zukunft alle schwangeren Frauen kurz vor der Entbindung mit Hochachtung zu ehren. Seine gegenwärtige Position jedenfalls empfand er als furchtbar, er fühlte sich hilflos wie ein Käfer auf dem Rükken, eine unförmige Birne, die nach Luft rang, und Dr. Lund erweckte keineswegs den Anschein, als ob er darauf Rücksicht nehmen und seine Untersuchungen beschleunigt zu Ende bringen wollte.
Ganz im Gegenteil zog er einen weiteren Arzt zu Rate, und beide versteckten sich hinter ihrer für Mark unverständlichen Fachsprache, während sie abwechselnd durch das Rohr äugten und sich gegenseitig Kommentare zuflüsterten.

Mark ärgerte sich, daß er nichts verstehen konnte, und bestand trotz seiner Atemnot auf sofortiger Aufklärung.
Zunächst rührte Dr. Lund weiter in Marks Bauch herum, ohne auf seine Fragen einzugehen. Schließlich sagte er: "Es ist ein bißchen schwierig. So wie es aussieht, sind ein paar Organe in Mitleidenschaft gezogen."
Wieder eine schlechte Nachricht. Mark wunderte sich, mit welcher Gleichgültigkeit er das Ergebnis registrierte. Vielleicht war sein hilfloser Zustand schuld, vielleicht hatte er auch gar nichts anderes mehr erwartet.
Dr. Lund beschäftigte sich insgesamt mehr als eine Stunde mit seinen Innereien, bis er endlich das Unternehmen für beendet erklärte.
Im nächsten Augenblick war ein lautes Zischen vernehmbar, die Halbkugel fiel in sich zusammen wie ein Ballon, dem mit einem Schlag die Luft entweicht, und Dr. Lund machte sich daran, die Löcher in Marks Bauchdecke wieder zusammenzunähen.
"In den nächsten Stunden sollten Sie im Bett liegenbleiben," riet die Schwester. "Heute abend können Sie dann schon wieder aufstehen."
Nach der Operation holte ich Mark mit der fahrbaren Liege ab. Ich wußte genau, was er hinter sich hatte, und lachte über sein grimmiges Gesicht.
"Du hättest mich ruhig darauf vorbereiten können, daß ich neun Monate Schwangerschaft in einer einzigen Stunde durchleben muß," beschwerte er sich heftig.
Wir fuhren auf die Station Osterberg zurück, und Mark legte sich erschöpft ins Bett.
In den nächsten Stunden sorgte er ständig für Gelächter. Die Luft, die noch überall in seinem Körper steckte, suchte sich auf natürlichen Wegen ihre Freiheit, und die damit verbundenen Geräusche schlugen in ihrer Dauer und Lautstärke jeden Rekord.
"Wenn es eine Meisterschaft im Luftablassen gäbe, wäre ich jetzt unschlagbar!" staunte er ungläubig. Am Abend konnte er bereits wieder umherlaufen.
Später stellte er fest, daß die Bauchdecke infolge der schnellen Überdehnung an einigen Stellen gerissen war, und in dem gerissenen Gewebe bildeten sich lange, weiße Nar-

ben.
"Nun habe ich also doch eine Schwangerschaft durchgemacht," meinte er spöttisch. "Bisher hätte ich nicht für möglich gehalten, daß ein männliches Wesen Schwangerschaftsstreifen besitzt."

IX

Das Ende der Bestrahlungsserie fiel genau mit dem Zeitpunkt zusammen, an dem die Ärzte die Verantwortung für eine Weiterbehandlung ablehnten. Marks Leukozyten waren von der normalen Anzahl von ungefähr 5000 auf unter 1000 abgesunken. Eine Fortsetzung der Therapie wäre lebensgefährlich gewesen.
Auf der anderen Seite war die Weiterbestrahlung im Leistenbereich dringend erforderlich. Da die schlechten Blutwerte jedoch jede weitere Strahlenbelastung ausschlossen, versuchte Professor Dr. Barkley das Dilemma auf andere Weise in den Griff zu bekommen. Er eröffnete Mark während der Visite, daß er zur Erholung vier Wochen nach Hause gehen dürfe.
"Allerdings mußt du jederzeit zur Verfügung stehen und dich alle drei Tage zur Blutuntersuchung melden. Nach der Erholungspause werden die Werte wieder besser sein, und dann müssen wir die stationäre Therapie wieder aufnehmen."
Mark hörte lediglich die für ihn im Augenblick erfreuliche Tatsache, daß er -wenn auch nur vorübergehend- aus dem Memorial entlassen war. Der Grund besorgte ihn wenig. Und daß eine Behandlungsinitiative derzeit wegen seiner Blutwerte nicht möglich war, erschien ihm nur recht.
Endlich keinen muffigen Gestank mehr, keinen Bunker, keine immer neuen Schikanen, keine Medikamente!
Allein diese Aussicht vollbrachte das Wunder, daß er aus seiner Lethargie wieder herauskam. Der Aufschwung war unverkennbar. Sein Dahintreibenlassen und seine Unmutsäußerungen verschwanden, und wenn er auch körperlich an einem Endpunkt angelangt schien, so war die Tendenz, das Leben noch einmal anzugehen, doch wie ein neu entfachtes Feuer spürbar.
Ich hatte die Nachricht schon erfahren und war viel skeptischer als Mark, der nur seine Entlassung vor Augen hatte, wollte ihm die Freude aber nicht verderben.
"Was wirst du jetzt unternehmen?" fragte ich neugierig.
"Ich weiß nicht recht," sagte Mark. Daran hatte er noch gar nicht gedacht. "Auf jeden Fall werde ich darauf achten,

nicht in die Nähe des St. Elizabeth Memorial Medical Centers zu geraten. Ich glaube, ich bekomme eine Allergie allein schon von dem Anblick."
Ein bißchen war ich betrübt.
"Ich werde dich sicher beim Pudern vermissen," lachte ich, "aber natürlich gönne ich dir deinen Erholungsurlaub trotzdem."
Mark verabschiedete sich von Eric und George.
Eric wartete ebenfalls auf seine Entlassung, nachdem er seine Bestrahlungsserie mit Erfolg absolviert hatte. George mußte noch länger in der Klinik bleiben.
"Eigentlich sind die paar Wochen ja nicht der Rede wert," sagte Mark, "aber solange ich draußen bin, versuche ich nicht daran zu denken, daß ich in das Getto wieder zurückmuß."
Dann verabschiedete er sich, seine vollgepackte Reisetasche in der Hand, auch von Schwester Meredith und Schwester Bonaventura. Den Abgang gestaltete er, als müsse er sich nicht nach drei Tagen schon wieder zur Kontrolle zurückmelden. Er wußte, daß die Gründe für seine Entlassung nicht positiv waren, aber diese Gründe ignorierte er einfach. Die Prognose war nicht sehr günstig, aber in diesem Moment für ihn zweitrangig. Er hatte sich vorgenommen, wieder auf die Beine zu kommen, und auf dieses Ziel mußte er nun mit der ganzen Kraft, die ihm verblieben war, hinarbeiten.
Vor dem Medical Center empfing ihn die sommerliche Tageshitze.
Im Vergleich zu dem Geruch der Station Osterberg war die Luft draußen frisch und rein. In dem Gefühl, wenigstens in der nächsten Zeit mit den vielen Maßnahmen und den verschiedenen Therapien nicht mehr malträtiert zu werden, wich sogar die Übelkeit, die noch vorhin, als er seine Tasche packte, vorhanden war. Vielleicht lag es daran, daß er einfach nicht mehr daran dachte. Die Sonne strahlte von einem blauen, wolkenlosen Himmel. Es war der freundlichste Tag, an den Mark sich erinnern konnte, nach den vielen tristen Tagen in den vergangenen Wochen und Monaten. Als er den Park durchquert hatte, nahm er gutgelaunt den Bus in die Stadt.

Während der Fahrt erlitt seine gute Laune einen gewichtigen Dämpfer.
Niemand im Memorial hatte ihn nämlich auf die Welt außerhalb der Station vorbereitet.
Die Stadt, die Straßen, die Menschen in den öffentlichen Verkehrsmitteln waren wie früher, als er noch anwesend war, und trotzdem war das Verhalten der Menschen jetzt seltsam anders als sonst.
Mark stellte fest, daß er plötzlich für Aufmerksamkeit sorgte. Kinder streckten tuschelnd die Köpfe zusammen, musterten ihn neugierig, Erwachsene sahen irritiert zur Seite, wenn er sie dabei ertappte, daß sie ihn ansahen.
Zuerst fand er keine Erklärung, bis ihm endlich die Erleuchtung kam: Er hatte nicht bedacht, daß sich sein äußeres Erscheinungsbild verändert hatte. Seine Haare waren dünn und zum großen Teil ausgefallen, die Kopfhaut schimmerte durch, im Genick waren seine Haare hoch bis fast zur Hälfte des Hinterkopfes von den Strahlen vollkommen ausgerottet. Die roten Striche kamen wie Brandzeichen für alle erkennbar aus seinem Kragen hervor. Erst jetzt, im Bus nach Plainville, wurde ihm bewußt, daß sein Aussehen ihn zum Außenseiter stempelte, daß er in einer normalen Umgebung zum Sonderling geworden war. Er war nicht mehr ein Fahrgast, der unter vielen einfach ein öffentliches Verkehrsmittel benutzte, der Stellspieler, der für seine Mannschaft die Punkte erkämpfte, irgendein Student oder ein junger Mann unter vielen, nein, er war ein Gebrandmarkter ohne Haare und mit roten Linien, der schon und allein durch diese äußeren Merkmale auffiel und die Umgebung veranlaßte, mit vorsichtigen Blicken auf Distanz zu gehen.
Die Station Osterberg hatte insoweit trotz all ihrer Drangsale auch Geborgenheit vermittelt. Dort waren alle diese Verunstaltungen, die mit der Krebsabwehr einhergingen, normal, und sogar er selbst hatte sich fast schon daran gewöhnt. Auf der Krebsstation, wo alle gleich aussahen, war ihm sein eigenes Aussehen schon gar nicht mehr aufgefallen. Draußen inmitten der vielen Leute war er aber unversehens etwas Besonderes, hatte er eine Sonderstellung.
Plötzlich schämte er sich.

Sein erster Weg führte ihn in ein Hutgeschäft, wo er zur Tarnung seiner Kahlheit eine Mütze erstand. Er hätte auch das Anrecht auf eine Perücke gehabt. Schwester Bonaventura hatte ihn aufgeklärt, daß die Krankenversicherung die Kosten dafür tragen würde, aber er wäre sich lächerlich vorgekommen, eine Perücke zu tragen.
Die Erfahrung, daß die Menschen sich anders benahmen als früher, belastete ihn erheblich und führte dazu, daß er bei Besorgungen, die er zwangsweise außerhalb seines Appartements zu erledigen hatte, Hemmungen aufzubauen begann. Nie vergaß er seine Mütze, und trotz der hohen sommerlichen Temperaturen trug er außerhalb ständig einen Rollkragenpullover, der wenigstens zum größten Teil seine Bemalung am Hals überdeckte. Zunächst hatte er erwogen, ein Volleyballspiel seiner alten Mannschaft in der Hale-Universität zu besuchen, aber dann scheute er seinen öffentlichen Auftritt dort. Er verließ seine Wohnung nur, um notwendige Lebensmittel im Supermarkt einzukaufen oder seine laufenden Bankgeschäfte zu bereinigen, ansonsten verschanzte er sich in seinem Appartement die ganzen drei Tage lang.
Bis zur Blutuntersuchung, die nach dieser Zeit im Memorial fällig war.
Als Mark sich auf der Station Osterberg wieder meldete, war er trotzdem bereits ein wenig erholt, dafür hatte schon die Unterbrechung der Therapie gesorgt, aber seine Euphorie des Entlassungstages war inzwischen doch merklich abgekühlt.
Ich erkundigte mich interessiert, was er in den vergangenen Tagen unternommen hatte. Er konnte mir nicht viel berichten.
"Hast du auch Carol getroffen?"
Die Frage nach Carol erschien mir besonders wichtig.
Mark hatte sie während der gesamten Tage nicht gesehen. Und er hatte nicht einmal versucht, mit ihr in Verbindung zu treten. Das Kapitel mit Carol war für ihn endgültig abgeschlossen.
Dafür beklagte er sich wütend über das Verhalten der Leute.
"Ich komme mir vor wie eine Attraktion auf dem Rummelplatz!" schimpfte er los. "Hier auf Osterberg sehen alle so

aus, aber draußen bin ich wohl eine ziemliche Sensation."
Ich erzählte ihm, daß Eric vor zwei Tagen ebenfalls entlassen worden sei. George war irgendwo im Hospital unterwegs. Er hatte sich nicht abgemeldet, und vermutlich schäkerte er wieder auf irgendeiner Abteilung mit einer jungen Schwester herum.
"Professor Dr. Barkley will dich noch untersuchen," sagte ich, nachdem ich ihm Blut abgenommen hatte. Der Professor war augenblicklich nicht auf der Station, so daß Mark auf sein Eintreffen warten mußte. Er setzte sich auf einen Sessel hinten in der Fernsehecke. Ich hatte inzwischen andere Aufträge zu erledigen. Aus der Küche drang das übliche Klappern von Geschirr. Die Teeausgabe wurde vorbereitet. Mark kannte die Gepflogenheiten der Station und ihren genauen Zeitablauf zur Genüge.
Plötzlich, in einer spontanen Eingebung, entschloß ich mich, meine Arbeit zu unterbrechen und zu Mark zurückzugehen. Unmittelbar vor ihm blieb ich stehen.
"Was würdest du sagen, wenn ich Urlaub nehme?" fragte ich stockend. "Ich meine die vier Wochen, die du dich erholen sollst..."
Mark war völlig überrascht.
"Ja, du kannst doch nicht..."
"Was ich kann, muß ich selber entscheiden."
Schwester Meredith lief vorbei.
"Dein Verlobter wird sicher nicht einverstanden sein," fiel Mark ein, "und..."
"Du brauchst dich nicht um meine Probleme zu kümmern," sagte ich. "Ich habe dich nach deiner Meinung gefragt."
Mark war immer noch sprachlos.
"Wenn du für alle Patienten deinen Urlaub opferst, dann wirst du ..."
"Du bist nicht nur ein Patient für mich, und es ist durchaus kein Opfer," sagte ich schnell, während mir wieder einmal die Röte ins Gesicht stieg. "Schwester Bonaventura würde bestimmt zustimmen. Ich könnte jetzt gleich die Personalverwaltung anrufen."
Zwei Küchenmädchen fuhren mit dem Teewagen den Korridor entlang und verteilten Kannen und Geschirr in den Krankenzimmern.

"Daß du deinen Urlaub für mich nehmen willst - ", Mark blickte ungläubig auf den Boden, " - soll das vielleicht heißen, daß du ..."
Ich zögerte und errötete noch mehr.
"Das mußt du selbst wissen... Jedenfalls habe ich noch nie für einen Patienten Urlaub genommen."
"Du bist verrückt. Ich habe Krebs. Du spinnst ja, du bist verrückt."
"Vielleicht bin ich wirklich verrückt," sagte ich. "Aber in den letzten drei Tagen habe ich etwas gemerkt. Du hast mir gefehlt, nicht nur beim Pudern."
"Und dein Verlobter?"
"Er muß es verstehen," sagte ich, "ich werde mit ihm reden."
Mark schüttelte heftig mit dem Kopf. Er sprang auf und lief aufgeregt im Kreis herum.
"Es ist verrückt, verrückt, verrückt! Du bist total ausgeflippt! Aber ich freue mich trotzdem, ich freue mich riesig!"
"Ich werde sofort Schwester Bonaventura fragen. Ich werde irgendeinen Grund erfinden."
Mark hatte seine Fassung immer noch nicht zurückgefunden. Ich eilte davon, glücklich und verwundert zugleich über meinen plötzlichen Mut.
Kurze Zeit später gab ich Mark bekannt, daß mein Urlaub genehmigt sei. Den angebrochenen Arbeitstag mußte ich allerdings noch zu Ende bringen. Wir vereinbarten, uns am Abend in einem Restaurant in Plainville zu treffen.

"Das kann doch nicht dein Ernst sein! Es ist unmöglich, daß dein Mitleid deinen Verstand so vernebelt !"
Frank wollte nicht glauben, was ich ihm da mitteilte. Mein Entschluß, unser Verlöbnis zu lösen, traf ihn wie ein Blitz aus heiterem Himmel. Ich hatte noch nie darüber gesprochen, nie auch nur Andeutungen gemacht, es gab zwischen uns keinen Grund für diese Entscheidung, kein Zerwürfnis.
In zwei Monaten legte er sein Examen ab. Danach hatten wir heiraten wollen. Hatte ich das vergessen?
Alle Vorbereitungen waren getroffen, alles verlief in geordneten Bahnen, schien unverrückbar und längst festgelegt.

"Dein Urlaub war doch für unsere Hochzeitsreise geplant! Du darfst ihn nicht einfach vergeuden!"
Er war außer sich vor Entrüstung.
"Dieser Urlaub ist keine Vergeudung," sagte ich ruhig.
"Und unsere Hochzeit?" rief er laut. "Hast du dir überlegt, was deine Eltern sagen werden, meine Eltern, unsere Freunde?"
"Mark braucht mich jetzt viel dringender," stellte ich fest.
Steve bot sich an, zwischen Frank und mir zu vermitteln. Aber es war sinnlos. Ich ließ mich nicht mehr umstimmen.
Meine spontane und überraschende Entscheidung war auch für Steve vollkommen unverständlich.
"Weißt du eigentlich, was du aufgibst? Ein Leben ohne Schwierigkeiten und ohne Probleme! Ein Leben in Luxus mit allen Annehmlichkeiten, die du dir vorstellen kannst!"
Franks Eltern waren in der Tat außerordentlich vermögend. Er war der einzige Sohn. Nach seinem Studium, das war richtig, würde er einen Großteil der Geschäfte und des Vermögens übernehmen. Ich hätte zumindest keinerlei finanzielle Sorgen gekannt.
"Es geht um Marks Leben," erwiderte ich nur.
"Also gut, aber ich werde nicht auf dich warten!" sagte Frank drohend. "Wenn du dieses andere Leben vorziehen und dir eine Menge Sorgen aufladen willst, bitte sehr! Es ist auch dein Leben!"
Auch wenn ich es sehr bedauerte, daß ich Frank wehtun mußte: Es gab keinen Grund mehr, meine Entscheidung noch einmal zu überdenken.
"Ich habe lange genug nachgedacht, Frank. Es tut mir sehr leid. Aber ich kann nicht anders handeln. Ich muß jetzt für Mark da sein."

X

Als seine Mutter das nächste Mal anrief, gab Mark die Meldung durch, daß er jetzt mit mir zusammensei. Seine Stimme klang stolz und glücklich.
"Du kennst sie, Mam, es ist die hübsche Schwester, die dir damals im Memorial aufgefallen ist! Das hättest du nicht erwartet, nicht wahr?"
Er war aufgeregt wie ein Sportreporter, der das herausragende Ereignis des Wochenendes bekanntgibt.
"Sie ist ein nettes Mädchen," erinnerte sich seine Mutter.
"Oh ja, das ist sie. Du brauchst mich auch nicht besuchen zu kommen. Kümmere dich lieber um Pa, er ist jetzt auf dich angewiesen."
Seine Mutter lachte. Sie sagte, daß Mark beim letzten Telefonat noch ganz anders geklungen habe.
"Das stimmt, aber nun ist eine wichtige Änderung in meinem Leben eingetreten!" rief Mark durch die Leitung. "Jennifer ist wirklich ein Glücksfall für mich!"
Seit dem Tag, an dem Mark aufgehört hatte zu studieren, waren zwischenzeitlich schon über sechs Monate vergangen. Er hatte über zehn Kilogramm abgenommen und sah abgemagert aus. Seine Wangen waren eingefallen, und um seine Augen lagen tiefe Schatten. Die Krankheit hatte ihn nicht nur in seinem Studium zurückgeworfen. Sie hatte auch sein Aussehen verändert und seine äußeren Lebensverhältnisse total durcheinandergebracht. Auch in seiner Persönlichkeit hatte sie einen tiefgreifenden Wandel vollzogen.
Viele Dinge des täglichen Lebens sah er neu und mit anderen Augen, und manchmal überraschte er mit der Beobachtung von Kleinigkeiten, an denen er früher achtlos vorbeigegangen wäre.
In den ersten Tagen der von Professor Dr. Barkley verordneten Erholungsphase hatte ernsthaft die Gefahr bestanden, daß er sich aufgab. Die Erfahrung, daß manche Menschen ihn bei seiner Rückkehr mieden, ihn nicht mehr wie früher behandelten (wenn auch sicherlich ohne böse Absicht), hatte ihn stark verunsichert und deprimiert. Da ich nun an seiner Seite war, kehrte die alte Siegeszuversicht wieder zurück. Und eine gehörige Portion Trotz.

Allein meine Anwesenheit war wie ein Motor, der ihn antrieb und auf neue Touren brachte.
Am meisten ärgerte ihn, daß er sich an seinen alten sportlichen Leistungen nicht mehr zu messen vermochte. Er konnte nicht einmal mehr eine Wegstrecke von wenigen hundert Fuß zurücklegen, ohne erschöpft auszuruhen. Die Strahlen hatten auch das Volumen seiner Lunge angegriffen und um ein Viertel reduziert. Immer wieder mußte er kurzatmig anhalten. Bereits kurze Anstrengungen führten dazu, daß sein Herz heftig zu klopfen begann.
Seine Reflexe waren gestört, und sein Kreislauf hielt keiner größeren Belastung mehr stand. Er schien körperlich an einem Endpunkt.
"Ich sehe aus wie ein alter Mann," sagte er wütend, "und so fühle ich mich auch."
Um so erstaunlicher war die Wende. In demselben Augenblick, in dem ich mich ihm anschloß, nahm er die Herausforderung an. Es war wie ein Wunder. An die Stelle der Resignation trat der Ehrgeiz, an seine früheren Leistungen wieder anzuknüpfen, auch wenn er wußte, daß bis dorthin noch ein sehr beschwerlicher Weg zurückzulegen sein würde. Aber sein Kampfgeist und sein Elan waren neu erwacht.
"Ich fühle mich zwar wie ein alter Mann, aber ich werde das ändern," versprach er. "Ich muß jetzt eben andere Maßstäbe setzen."
Während er bisher seine früheren physischen Möglichkeiten als Vergleichsmaßstab herangezogen hatte und dann natürlich deprimiert war, weil er sie nicht mehr annähernd zu erreichen vermochte, sah er jetzt ein, daß er wieder ganz von vorn und nur mit kleinen Schritten anfangen mußte.
"Du wirst sehen, daß ich wieder auf die Beine komme," sagte er überzeugt, und er machte sich auch sogleich daran, sein Versprechen in die Tat umzusetzen.
Ich brauchte ihn nicht anzuspornen. Mein Interesse war Ansporn genug. Sobald er beschlossen hatte, gegen seinen körperlichen Niedergang anzukämpfen, kannte er kein wichtigeres Ziel.
"Manchmal würde ich mich schon lieber hinlegen," gestand er, "aber genau das darf ich nicht tun."

Ich ängstigte mich, daß er sich nun vielleicht zuviel abverlangen könnte. Er verausgabte sich manchmal bis an den Rand der Erschöpfung, wobei ihm seine körperliche Schwäche allerdings natürliche Grenzen setzte. Aber bald schon gelang es ihm, diese Grenzen hinauszuschieben, und jede Leistungssteigerung, die er erreicht hatte, teilte er mir dann überglücklich mit.
"Du darfst nicht übertreiben," ermahnte und beschwichtigte ich, doch die Aufwärtstendenz war unverkennbar, und sie gab Marks Anstrengungen recht. Die Erfolge bestätigten ihn, motivierten ihn, beflügelten ihn. Er entwarf richtige Programme, an die er sich streng und kompromißlos hielt.
"Ich werde es schaffen," sagte er einmal, als er ganz außer Atem in sein Appartement zurückkam. Er hatte wieder einmal ein selbstgestecktes Ziel errungen. Meistens übertraf er sogar seine eigenen Erwartungen und Vorgaben, aber nicht immer. Dann war er eine Zeitlang bedrückt, aber nur, um seine Programmgestaltung anschließend noch mehr zu verschärfen, und meistens in sehr kurzer Zeit erreichte er dann auch tatsächlich das Ziel, das er zunächst verfehlt hatte.
Am Anfang hatte er sich nur kürzere Strecken vorgenommen, die er zu Fuß so schnell wie möglich durchlief. Jetzt aber steckte er sich schon größere ab, und er nahm eine Stoppuhr mit, um eine genaue Kontrolle zu haben, welche Zeit er für ihre Bewältigung benötigte. Er arbeitete verbissen und mit einer bewundernswerten Zähigkeit, und die Zeiten wurden täglich besser.
Nach zwei Wochen bereits konnte er mich beim Dauerlauf zum ersten Mal abhängen. Seine Bemühungen hatten sich gelohnt. Der Erfolg entsprach genau seinem Zeitplan. Er hatte alle seine Richtlinien eingehalten.
Wir feierten seinen Sieg gemeinsam. Er hatte mit mir gewettet, daß er mich nach zwei Wochen schlagen könne, und er hatte seine Wette gewonnen. Es war wirklich unglaublich, welche Fortschritte er innerhalb von nur zwei Wochen erzielt hatte.
Sein bleiches Aussehen war verschwunden, und er hatte trotz seiner sportlichen Betätigung auch wieder geringfügig an Gewicht zugenommen. Und schließlich trat ein anderer

Umstand hinzu, der vor allem psychologisch für enormen Aufwind sorgte: Erstmals durfte Mark wieder Wasser auf die bestrahlten Hautfelder bringen. Professor Dr. Barkley hatte seine Erlaubnis erteilt, und danach konnte Mark nicht schnell genug nach Hause fahren und in die Badewanne steigen.

Am Abend begegnete er mir in strahlender Laune. Durch das Bad war die rote Kennzeichnung auf seiner Haut vollständig abgewaschen, und er genoß riesig, daß die Verunstaltung endlich verschwunden war.

"Ich hätte mir früher nie vorstellen können, daß ich mich über ein profanes Bad einmal so freuen würde," erzählte er mir. Da Professor Dr. Barkley ihn eindringlich darauf hingewiesen hatte, daß er sich am Anfang nicht allzu lange im Wasser aufhalten solle, hatte er nur zehn Minuten in der Badewanne zugebracht, aber schon diese kurze Zeit genügte, um für ein unbeschreibliches Gefühl zu sorgen. Nach einem wochenlangen absoluten Verbot waren zehn Minuten ein himmlisches Geschenk.

"Jetzt sehe ich schon fast wieder wie ein Normalmensch aus," freute sich Mark zufrieden.

Er stellte fest, daß sogar die ersten Haare auf seinem Kopf wieder zu wachsen begannen.

"Zwar nur ein erster zarter Flaum, aber ein untrügliches Zeichen, daß es wieder aufwärts geht, meinst du nicht?" fragte er mich glücklich.

Ich stimmte ihm zu. Seine Begeisterung wirkte ansteckend. Sein neues Aussehen gefiel ihm so gut, daß er sich sogar durchrang, doch ein Spiel seiner alten Mannschaft zu besuchen. Er bestand lediglich darauf, daß ich ihn begleiten müsse.

"Ich verstehe nicht sehr viel davon," gab ich zu bedenken, doch er erklärte, daß es ihm darauf nicht ankomme.

Was er verschwieg, war die Tatsache, daß er mich als seine Freundin öffentlich vorstellen wollte. Alle sollten mich sehen. Seine Kameraden, seine Freunde. Er war sicher, daß sie alle neidisch sein würden, und gerade darauf kam es ihm an. Auch wenn ihm die Haare fehlten, so hatte er doch eine Freundin, auf die nach seiner Ansicht jeder von ihnen stolz gewesen wäre. Es lag ihm sehr daran, daß alle mich ken-

nenlernten.
Ich fühlte mich in seinem Enthusiasmus ein wenig verlegen. Als wir das Sportgelände der Hale-Universität betraten, klatschten seine alten Mannschaftskameraden spontan Beifall. Es war kein wichtiges Spiel an diesem Tag, aber sie sagten, daß sie sich seinetwegen besonders anstrengen würden. Er bekam einen Ehrenplatz ganz vorne auf der Tribüne, und an seiner Seite erregte ich in der Tat die Aufmerksamkeit, die er sich erhofft hatte. Aber viele konnten auch ihr Erschrecken nicht verbergen. Die meisten hatten Mark seit seinem Weggang vor einem halben Jahr nicht mehr gesehen, und jetzt waren sie über sein Aussehen, das so anders war als früher, obwohl er sich schon wieder erholt hatte, ziemlich schockiert. Sie versuchten, ihm ihre Bestürzung nicht zu zeigen, und taten so, als sei alles wie in vergangenen Zeiten. Mark war in seiner alten Umgebung glücklich.
"Wenn du wieder gesund bist und trainierst, kannst du jederzeit in die Mannschaft zurückkommen," sagte der Trainer. "Cliff hat zwar überraschend gut eingeschlagen, aber er kann dich noch nicht ersetzen. Wir könnten dich zur Endrunde dringend gebrauchen."
Cliff spielte an diesem Nachmittag in blendender Form, und die Begegnung wurde klar gewonnen. Vielleicht hatte Marks Anwesenheit seine Einsatzbereitschaft besonders gefördert, jedenfalls hatte er viele hervorragende Szenen.
"Ich glaube, sie kommen auch ohne mich ganz gut zurecht," sagte Mark später, als wir wieder allein waren.
Er war ein bißchen betrübt, daß er nicht mehr zum Kreis der Mannschaft gehörte.
"Ich habe ja nicht angenommen, daß sie einen Platz für mich freihalten, aber nicht einmal das Angebot des Trainers war ernst gemeint."
Er grübelte.
"Irgendwie haben sie sich merkwürdig benommen, findest du nicht? Ich bin mir trotz ihrer Freundlichkeit wie ein Außenseiter vorgekommen."
"Du kannst nicht erwarten, daß sie ganz unbefangen sind," erwiderte ich.
"Ich werde wieder der Beste sein," sagte er trotzig. "Ich werde es ihnen zeigen. Ich muß nur wieder zu Kräften

kommen."
Es war schon erstaunlich gewesen, daß er sich überhaupt wieder in den Kreis seiner Kameraden gewagt hatte. Noch zwei Wochen vorher hatte er seine Bedenken ja nicht zu überwinden vermocht.
Danach setzte er seine Übungen noch verbissener fort.
Was er bisher erreicht hatte, stellte ihn nun nicht mehr zufrieden. Als Zuschauer beim Spiel seiner Kameraden hatte er erkannt, wie weit er trotz aller Fortschritte von seiner früheren Glanzform doch noch entfernt war, und mehr als die Hälfte seiner Erholungspause war schon vorbei.
"Es sind doch nur bescheidene Erfolge, und es bleibt nicht mehr viel Zeit," beklagte er sich ungeduldig.
Nach dem Besuch bei der Mannschaft stürzte er sich erst recht und ungeduldiger denn je in seine Programme zur Rückgewinnung der Kondition, und er arbeitete wie ein Besessener. Wenn ich selbst den Fahrstuhl zur Wohnung benutzte, wählte er den Weg über das Treppenhaus, wobei er so schnell hinaufhastete, daß wir gemeinsam oben ankamen.
Jetzt dachte er sich überall solche Vergleiche aus. Meistens veranstaltete er sie, ohne daß die Gegner davon wußten. Einmal kam er ganz aufgelöst nach Hause zurück, und als ich nach dem Grund fragte, berichtete er, er habe einen Radfahrer eingeholt, der mindestens eine halbe Meile vor ihm gefahren sei, und sein Gegner (der natürlich keine Ahnung von dem Wettstreit hatte) sei durchaus nicht langsam gefahren.
Bei anderen Gelegenheiten suchte er sich Fußgänger, die bereits einen erheblichen Vorsprung hatten. Dann nahm er die Verfolgung auf und kämpfte sie bis zu einer imaginären Ziellinie nieder, die er vorher willkürlich bestimmt hatte. Auf diese Weise konnte er ständig Läufe veranstalten, ohne daß er auf Leichtathletikbahnen angewiesen war oder eine aufwendige Organisation benötigte.
Er war eigentlich immer dabei, sich in irgendeiner Form unter Druck zu setzen. Manchmal erinnerten seine Einfälle an Spiele aus den Tagen seiner Kindheit. Jetzt freilich hatten sie immer die Aufgabe, seine Durchhaltekraft auf die Probe zu stellen.

"Ich muß den inneren Schweinehund überlisten," pflegte er immer zu sagen, "ich darf mich nicht auf die faule Haut legen."
Ich versuchte, möglichst wenig über seine Krankheit zu sprechen, aber die Kontrolluntersuchungen sorgten dafür, daß das Problem allgegenwärtig blieb.
Dennoch gaben gerade auch diese Untersuchungen Anlaß zu vorsichtigem Optimismus. Marks Blut erreichte zwar noch nicht normale Werte, aber die Leukozyten waren wieder leicht angestiegen. Offensichtlich befand er sich in einer Phase der Remmission. Die Krebszellen, die immer noch in seinem Körper vorhanden waren, hatten sich nicht weiter vermehrt, blieben auf dem Plateau, mit dem er in die Erholungspause entlassen worden war. Die neuesten Röntgenbilder zeigten kein Fortschreiten des Wachstums mehr an.
"Meinst du, daß der Stillstand anhält?" fragte er mich. Eine Menge Hoffnung schwang in seiner Frage mit.
"Es gibt Fälle, in denen der Krebs nicht nur plötzlich zu wachsen aufhört, sondern sich in einer Art rückläufiger Kettenreaktion sogar selbst zerstört," sagte ich. "Niemand weiß, warum dies geschieht. Plötzlich löst sich der Krebs auf, und es gibt keine medizinische Erklärung dafür."
"Zu diesen Fällen möchte ich auch gehören," sagte Mark, "aber ich glaube, daß man doch etwas dazu beitragen muß."
Ich verstand nicht, was er damit sagen wollte.
"Manchmal übersteigt der Kampf die Kraft des einzelnen," überlegte er, "und ein Partner ist eine große Unterstützung. Du hilfst mir beispielsweise sehr."
Wir redeten über unsere Beziehung nur sehr wenig. Irgendwie schien sie sich als etwas Selbstverständliches entwickelt zu haben. Gleich am Anfang hatte Mark ein paar Fragen gestellt, doch ich hatte nur ausweichend geantwortet, daß ich meine Verlobung aufgelöst habe, und jetzt sei nur noch unsere gemeinsame Zukunft interessant, die Vergangenheit sei nicht mehr wichtig.
"Du kannst dich darauf verlassen," hatte ich noch gesagt, und ich hatte es wie einen Schwur gemeint. Danach hatten wir das Thema nie mehr berührt.
In den beiden letzten Wochen der Erholungsphase nutzten

wir jede freie Minute, um in die Umgebung Plainvilles und am liebsten hinaus ans Meer zu fahren.
Schwimmen und Baden und überhaupt jede Unternehmung, die mit Wasser nur irgendwie zusammenhing, wurde Marks beliebteste Beschäftigung.
"Ich muß jeden Augenblick auskosten, den ich noch im Wasser verbringen darf!" lachte er. Er dachte mit Schrecken an die Zeit, in der wieder das absolute Wasserverbot gelten würde, und er versuchte den Gedanken, so gut es eben ging, zu verdrängen.
Seine Erholung war erheblich vorangekommen. Da er sich ständig im Freien aufhielt, war sein Körper von der Sonne tief gebräunt. Seine Muskeln hatten sich wieder ausgebildet, und er sah kraftvoll und gesund aus. Abgesehen von den Haaren, die noch nicht wieder vollständig nachgewachsen waren, hätte jemand, der nicht eingeweiht war, nicht vermutet, daß er immer noch dabei war, einen Feldzug gegen den Krebs zu führen. Äußerlich waren kaum noch Anzeichen zu erkennen, und nicht einmal Mark selbst konnte sich vorstellen, daß er schon bald wieder ins Memorial zur Weiterbehandlung zurückkehren mußte.
"Am liebsten würde ich weglaufen," sagte er.
Als er mein angstvolles Gesicht bemerkte, wollte er mich schnell beruhigen: "Ich weiß ja, daß ich nicht weglaufen darf. Ich werde es durchstehen. Du kannst dich voll auf mich verlassen."
Diese Wochen unserer Freundschaft waren von außerordentlicher Nähe und Unzertrennlichkeit. Wir unternahmen alles gemeinsam, kletteten uns aneinander wie Ertrinkende, dachten und fühlten wie eine Einheit. Sicher durchlebten wir in diesen vier Wochen eine Zeit, die mit normalen Maßstäben nicht zu messen, mit anderen Verhältnissen nicht zu vergleichen war.
"Es kommt mir vor, als würden wir uns schon jahrelang kennen," sagte Mark, und er sprach mir aus der Seele.
Ich lachte.
"Das wundert mich nicht, wir sind ja fast pausenlos zusammen!"
"Trotzdem ist so vieles anders," sagte er nachdenklich. Nach einer Weile sagte er: "Ich werde dich für alles ent-

schädigen. Wenn ich erst einmal diesem ganzen Horror entkommen bin, werde ich alles wiedergutmachen."
Ich drückte mich an ihn.
"Nun werde bloß noch sentimental! Es macht mir Freude, bei dir zu sein, und ich brauche keine Entschädigung!"
"Wenn du nicht gewesen wärst, hätte ich mich hängenlassen," sagte Mark. "Ich weiß es ganz genau, ich war in einer schwierigen Verfassung. Du hast mich wieder auf die Beine gebracht."
Ich erfand irgendwelche Ausreden, um meine Verlegenheit zu überspielen.
"Wenn du in mir nur die barmherzige Krankenschwester siehst, haue ich sofort ab und lasse dich sitzen!"
"Nein, nein!" lachte Mark. "Inzwischen habe ich mich an deinen Befehlston schon richtig gewöhnt!"
Der Termin, an dem er auf die Station Osterberg zurückkehren mußte, rückte unaufhaltsam näher, und es gab keine Möglichkeit, der Zeit davonzulaufen.
"Ich möchte nicht daran denken, dich irgendwann einmal hergeben zu müssen," sagte er unvermittelt und umarmte mich ohne erkennbaren Grund. Wir waren mit Fahrrädern auf einen Hügel außerhalb der Stadt gefahren und streckten unsere Füße in einem kleinen, klaren Quellbach aus.
Ich wußte nicht, was in Marks Kopf vorging. Während der gesamten Wochen hatte er ziemlich wenig über seine inneren Probleme gesprochen. Den enormen Konflikt, unter dem er doch stehen mußte, hatte er stets zu bagatellisieren und herunterzuspielen versucht. Jetzt gegen Ende der Erholungszeit, wo es ihm wieder besser ging, schien er plötzlich zu fürchten, daß ich ihn verlassen könne, ohne daß er es freilich offen aussprach.
Daß wir in den vergangenen Wochen allein und für uns gewesen waren, unbehelligt, niemand hatte uns dreingeredet, eine unvergleichbare Zeit, eine herrliche Phase, im Grunde hatte sich niemand für uns interessiert.
Würde sich daran nun etwas ändern?
Ich schien seine Gedanken zu erraten.
"Ich werde eine andere Essenszeit in der Kantine wählen, um Auseinandersetzungen mit Frank zu vermeiden," überlegte ich.

Mark legte sich rücklings ins Gras, ohne auf meine Erklärung einzugehen.
"Mir sind die Blätter der Bäume noch nie so bewußt aufgefallen," sagte er. "Die Blumen. Die Wiesen."
Ich ließ mich neben ihm ins Gras niederfallen.
"Findest du nicht, daß die Bäume aus dieser Perspektive von ganz anderer Größe und Schönheit sind?"
"Ja," bestätigte ich.
"Früher habe ich die Natur nie richtig gesehen," sagte Mark. "Jetzt erscheint mir in der ganzen Vielfalt jede einzelne Pflanze und jeder Baum wie ein Wunder."
Ich legte meinen Kopf an seinen.
"Ich möchte in dieser Wunderwelt gern noch ein bißchen weiterleben, verstehst du das? Eines Tages müssen wir alle sterben, aber jetzt möchte ich noch leben."
Auf der Heimfahrt veranstaltete Mark ein Wettrennen, das er überlegen gewann. Wir lachten, wenn eine steile Abfahrt kam und der Schwung ausreichte, um ohne große Anstrengung auch die nächste Steigung noch zu nehmen. In seinen Einfällen, auf jede erdenkliche Weise seine Kondition zu verbessern, war Mark bis zum letzten Tag unermüdlich und nie zu stoppen.
"Hast du schon bemerkt, daß ich meine Mütze gar nicht mehr trage?" fragte er stolz.
"Natürlich, es ist mir schon die ganze Zeit aufgefallen, aber ich wollte dich nicht an sie erinnern," lachte ich, "sonst hättest du sie womöglich wieder hervorgeholt!"
Am Abend beratschlagten wir, ob es nützlicher sei, unsere Beziehung in der Klinik geheimzuhalten.
"Es wäre möglich, daß ich auf eine andere Station versetzt würde, wenn sie davon erfahren, und das will ich auf jeden Fall vermeiden!" gab ich zu bedenken.
"Ohne dich gehe ich nicht mehr auf die Station Osterberg zurück," sagte Mark bestimmt. "Sonst können sie meine Akten zumachen. Entweder mit dir oder überhaupt nicht."
Um jedes Risiko auszuschalten, kamen wir überein, unser Verhältnis im Memorial vorläufig nicht an die große Glocke zu hängen.

Den letzten Abend feierten wir in Plainvilles größter Disko-

thek. Mark war schon immer ein Musikfan besonders der moderneren Stilrichtungen gewesen. Von seinem ersten selbstverdienten Geld hatte er sich eine imposante Stereoanlage gekauft.
In den ersten Wochen, als die Krebsbemalung noch seinen Körper verunzierte, hatte Mark jeden Ort mit größeren Menschenansammlungen, also auch Diskotheken, gemieden. Jetzt stürzte er sich um so enthusiastischer in das Vergnügen. Ich hatte ihn, seit ich ihn kannte, noch nie so unbeschwert und ausgelassen erlebt. Jetzt lernte ich ihn von einer völlig anderen Seite kennen. Niemand kümmerte sich um uns, wir waren zwei unter vielen Hundert. Mark genoß diese Anonymität, er lebte richtig auf, er war fröhlich und aufgedreht und schien fernab aller Sorgen.
"Komm, wir wollen tanzen!"
Er zog mich mitten in das Gewühl. Aus den Lautsprechern hämmerte das neueste Stück einer Rockband, die gerade überall in den Charts obenan stand. Er setzte die Musik in gelenkige Bewegungen um. Ich kam ganz außer Atem.
"Ich habe gar nicht geahnt, daß du so ein Genie bist! Hast du noch mehr Fähigkeiten, die du mir bisher verschwiegen hast?"
Mark bewegte sich unaufhörlich weiter, drehte sich, faßte mich an den Händen.
"Oh, bis vor einigen Jahren habe ich selbst in einer Band gespielt, wußtest du das nicht? Wir sind sogar öffentlich aufgetreten!" keuchte er.
Ich staunte über sein Allround-Talent.
Sie hatten sich *The Monsters* genannt, und die Regionalstation des Fernsehens hatte im Vorabendprogramm sogar einmal den Teil einer Ausscheidung übertragen, bei der Mark mitgespielt hatte. Damals war er mächtig stolz gewesen. Er hatte die Sendung auf einer Videokassette mitgeschnitten und die Aufzeichnung seinen Eltern nach Hyannis Port geschickt.
"Die Kassette mußt du mir unbedingt einmal zeigen!" verlangte ich neugierig. Zu seinen Musikerzeiten hatte Mark lange Haare ähnlich dem Vorbild der Beatles getragen, und ich wollte ihn unbedingt einmal so sehen. "Welches Instrument hast du denn überhaupt gespielt?"

"Schlagzeug!" rief Mark, ohne aus dem Rhythmus zu kommen. "Ich war der Drummer, und einige Stücke habe ich gesungen!"
"Und warum hast du aufgehört?"
Mark lachte. "Die ganze Band bestand nur aus chaotischen Studenten! Als zwei mit ihrem Studium fertig waren, war alles zu Ende. Die Gruppe fiel auseinander. Schade, denn wir waren wirklich gut!"
Die Tanzfläche war vollkommen ausgefüllt. Als der Diskjockey eine langsamere Platte auflegte, tanzten wir enger, und ich spürte Marks Berührungen, mit denen er sich in dem Gedränge an mich drückte.
Über unsere Liebe hatten wir noch keine großen Worte verloren, wir hatten keine theatralischen Umstände darum gemacht. Irgendwie waren wir da ganz natürlich hineingewachsen. Ich genoß die Berührungen, denen die Enge als willkommener Deckmantel entgegenkam.
"Ich hätte überhaupt nichts dagegen, wenn die Zeit in diesem Augenblick stehenbleiben würde," flüsterte Mark. "Ich will nicht an morgen denken, aber manchmal muß ich es doch."
Ich schmiegte mich an ihn. Plötzlich mußte Mark lachen.
"Es ist schon idiotisch. Auf der einen Seite bin ich froh, daß wir einen gemeinsamen Arbeitsplatz haben. Auf der anderen Seite will ich ihn so schnell wie möglich wieder loswerden."
Gegen Mitternacht fand wie jeden Sonntag ein Tanzwettbewerb statt. Ich überredete Mark, daß wir daran teilnehmen sollten, und tatsächlich gelangten wir unter die zehn besten Paare und gewannen einen Trostpreis. Die Trostpreise bestanden darin, daß die Mädchen einen Strauß Blumen und die männlichen Tanzpartner eine Flasche Whisky erhielten. Mark nahm seinen Preis belustigt entgegen.
"Was soll ich damit anfangen?" fragte er mich. "Sie wußten nicht, daß sie mir eine Flasche Orangensaft hätten schenken müssen."
An das Verbot, Alkohol zu trinken, hielt er sich ohne Ausnahme.
Ich schlug vor, die Flasche aufzubewahren, bis wir sie eines Tages gemeinsam trinken dürften.
"Eigentlich ist es mir ziemlich egal, ob ich Alkohol trinken

darf oder nicht," sagte Mark. "Wenn sie wollen, kann ich auch mein ganzes Leben lang ohne jeden Tropfen Alkohol auskommen. Ich habe schon früher wenig getrunken und nicht geraucht. Das ist nicht das Problem."
Normalerweise war Mark während der gesamten vier Wochen früh ins Bett gegangen. In dieser letzten Nacht traf er dagegen keinerlei Anstalten, nach Hause aufzubrechen. Es schien, als ob er damit den nächsten Tag einfach ignorieren, ihn hinausschieben, sich gegen ihn stemmen wolle. Doch die Uhr ließ sich nicht anhalten.
Auf dem Heimweg fuhr ich mit dem Wagen noch einen kleinen Umweg. Mark hatte seine Füße auf das Armaturenbrett gestellt und saß mit zusammengeschlungenen Knien auf dem Beifahrersitz.
"Okay, geht es also wieder los," sagte er mit zusammengekniffenen Lippen. "Ich habe zwar keine Lust, aber es bleibt mir wohl nichts anderes übrig als mich zu fügen."
"Ich werde dich eine Viertelstunde vor acht an deiner Wohnung abholen," sagte ich.
Ich mußte meinen Dienst am Morgen pünktlich antreten und durfte mich nicht verspäten.
"Ich werde bereitstehen," versprach Mark, "auch wenn sich alles in mir dagegen sträubt."

XI

Als ich am Morgen vorbeikomme, hat Mark kaum geschlafen. Er hat keinen Wecker gebraucht, um rechtzeitig aufzuwachen. Stundenlang hat er wachgelegen, seinen Kopf zermartert, keine Lösung gefunden. Dann ist er aufgestanden. Er hat sich angezogen und seine restlichen Utensilien in seine Tasche gepackt. Das Frühstück läßt er ausfallen.
Als ich vorfahre, steht er bereits mit der Reisetasche vor dem Appartementhaus auf der Straße und erwartet mich.
"Bist du ausgeruht?" erkundige ich mich.
"Ich habe kein Auge zugekriegt," erzählt er. "Trotzdem bin ich nicht müde. Und selbst wenn ich müde wäre - jetzt werde ich ja wieder genug Gelegenheit erhalten, im Bett herumzuliegen."
Wir fahren durch die morgendlichen Straßen Plainvilles in Richtung des Medical Centers. Um diese Zeit herrscht dichter Berufsverkehr. In der langen, endlos scheinenden Kolonne kommen wir nur langsam und mühselig voran. Überall sind die Menschen geschäftig auf dem Weg zu ihrem Arbeitsplatz.
"Früher habe ich alle bedauert, die täglich schon frühmorgens ihrem Job hinterherjagen müssen," kommentiert Mark, aus dem Fenster blickend, "heute morgen beneide ich sie alle."
Ich schere aus der Fahrzeugkolonne aus und biege in die Straße, die hinauf zum Klinikgelände führt. Die wuchtigen Gebäudekomplexe des berühmten Medizinzentrums sind schon von weitem zu erkennen.
Damals bei seiner ersten Einlieferung hat Mark noch nicht gewußt, was ihn erwartete. Er hat weder die Namen der Behandlungsmethoden gekannt noch ihre Bedeutung. Dieses Mal fällt ihm die Rückkehr unvergleichbar schwerer. Jetzt kennt er die Torturen, und er kennt auch ihre Begleiterscheinungen. Er weiß, welche Drangsale sie wieder für ihn bereithalten werden.
"Ich bin ein Patient mit Erfahrung geworden," spottet er, "aber ich pfeife auf diese Erfahrung."
Dieses Mal kann er den Torturen nicht mehr so arglos entgegensehen wie damals.

"Wer überhaupt nicht ahnt, was auf ihn zukommt, hat es leichter," stellt er fest. "Mich können die Ärzte nicht mehr überraschen."
Ich halte an der Hauptpforte an und zeige den Berechtigungsausweis vor, der mir das Einfahren auf den geschlossenen Parkplatz für Klinikangehörige erlaubt. Der Pförtner öffnet die Schranke.
"Keine Angst, ich werde auch diese zweite Runde überstehen," äußert sich Mark bestimmt, während ich eine Parkbox suche. "Im neuen Durchgang sind wir zu zweit, da fällt manches leichter."
Gemeinsam wandern wir vom Parkplatz hinüber zum Trakt der Onkologie, den Mark inzwischen kennt wie sein Zuhause. Oft genug hat er die Wege zurückgelegt, auch in den vergangenen Wochen zu den Kontrolluntersuchungen.
Wir laufen an der Pforte der Inneren Medizin vorbei, an dem Glaskasten, hinter dem alle Angaben über Patienten und ihre Daten gespeichert sind, durchqueren einen langen, hellen Gang, der am Ende zur Station Osterberg führt.
Viele Patienten mit den roten Mustern auf der Haut, die nur Eingeweihte kennen, mit Perücken auf dem Kopf, manche auf Krücken, alle übereinstimmend mit auffallend bleichen Gesichtern, sitzen auf den Bänken den Korridor entlang, wo die Ambulanz ihre Arbeit verrichtet. Sie warten auf ihre Untersuchung, ihre Medikamente, ihre Spritzen. Sie warten auf Behandlungen, die sie hassen und auf die sie dennoch angewiesen sind, solange es keine anderen gibt.
Während Mark stationär auf der Station Osterberg lag, ist er oftmals an diesen Bänken der Ambulanz vorbeigegangen. Die Menschen sind ihm gar nicht aufgefallen, er hat nicht auf sie geachtet. An diesem Morgen sieht er bewußter in ihre Gesichter, sie alle teilen sein Los, ein gemeinsames Schicksal, es ist erschreckend, wie viele Menschen sich auf diesen Bänken versammeln, während andere nur unweit entfernt ihrem Job hinterherjagen, ohne Gedanken und ohne Beziehung zu dieser Seite des Lebens, die so schnell und wahllos möglich wird. Ist es ein Verdienst, nicht auf diesen Bänken zu sitzen? Nein, es ist Glück, purer Zufall, und schon morgen können die draußen hier drinnen sein. Es gibt keine Sicherheit und kein Privileg.

Je mehr wir uns der Station Osterberg nähern, desto penetranter wird der eigentümliche Geruch, der ihr anhaftet und durch die Gänge zieht.
"Wenn ich nur diesen Duft rieche, bin ich schon wieder krank," sagt Mark, aber er weiß, daß es Schlimmeres gibt.
"Mir fällt der Geruch schon gar nicht mehr auf," wundere ich mich, "zumindest finde ich ihn nicht widerlich."
Mark dagegen hat eine richtige Aversion entwickelt.
"Die Duftnote an sich ist ja nicht einmal so abstoßend, aber sie erinnert mich an alles, was jetzt wieder über mich hereinbrechen wird."
Er meint die Bestrahlung, den Bunker, die Übelkeit.
"Ob sie gleich wieder damit anfangen?"
"Ich weiß es nicht," sage ich.
"Egal, ich werde es hinter mich bringen, irgendwie."
Um diese Zeit klappern die Küchenmädchen mit dem Frühstücksgeschirr. Schwester Bonaventura will gerade in ein Krankenzimmer gehen und kehrt zurück, als sie uns kommen sieht. Im Stationszimmer erklärt sie mir die Änderungen, die sich während meines Urlaubs ergeben haben, weist mich in die neuen Fälle ein, gibt Anweisungen, die ich nachher sofort erledigen muß. Es gibt keine Schonfrist, sich an den Dienst erst wieder zu gewöhnen. Während ich davoneile, um mich umzukleiden, erfährt Mark, daß er in demselben Zimmer und in demselben Bett liegen wird wie bis zu seiner vorübergehenden Entlassung.
"Von eurem alten Team ist Eric inzwischen entlassen worden, aber George ist noch da," sagt Schwester Bonaventura. "Und die Neuen wirst du schnell kennenlernen, sie sind in Ordnung, du wirst sicher gut mit ihnen zurechtkommen."
Mark geht hinüber in sein altes Zimmer und wird von George mit Hallo empfangen. George hat sich nicht geändert. Er ist immer noch fröhlich und immer noch optimistisch, obwohl er doch nun schon monatelang im Memorial liegt und schon viele Wechsel in den Betten erlebt hat.
"Wir haben deine Koje ausdrücklich für dich freigehalten!" lacht er. Die Freude, seinen alten Bekannten wiederzusehen, strahlt aus seinem Gesicht. "Eric haben sie nach Hause geschickt. Er hat schon ein paar Mal angerufen und ist froh,

daß er dem Laden hier endlich entkommen ist!"
Die beiden Neuen verfolgen ohne sichtbare Gemütsregung, wie Mark seine Sachen im Schrank verstaut. Zahnbürste und Rasierapparat stellt er auf die Waschkonsole. Er fühlt sich tatsächlich bald wie zu Hause, jeder Platz ist ihm noch bestens vertraut.
"Das ist Mark!" stellt George ihn den anderen vor. "Er ist ebenfalls Stammgast hier! Wir haben schon eine ganz schöne Zeit zusammen zurückgelegt!"
Die Küchenmädchen schieben das Frühstück herein. Als sie Mark entdecken, hellen sich ihre Gesichter auf wie bei einem unerwarteten, erfreulichen Besuch. Gleichzeitig stellen sie fest, daß sie ein Gedeck zu wenig auf ihrem Wagen haben. Marks Rückkehr an diesem Morgen ist ihnen nicht mitgeteilt worden, aber jetzt ist er Gesprächsstoff. Sie holen aus der Küche eine vierte Frühstücksportion, und Mark wundert sich, daß er plötzlich Hunger hat.
George war inzwischen in das Bett umgezogen, in dem früher Mike gelegen hatte. Es war das einzige Bett, das unmittelbar am Fenster stand, und hatte damit den besten Platz. Vermutlich hatte George seine Ältestenrechte wahrgenommen, um es in Beschlag zu nehmen.
"Johnny ist ziemlich schweigsam," sagte er. Er zeigte lachend auf den Jungen, der still auf seinem Bett in der Nähe des Waschbeckens hockte. "Er redet den ganzen Tag höchstens drei Worte."
Johnny lächelte. Er war vierzehn Jahre alt und blaß und schmächtig.
"Bist du noch in der Schule?" fragte Mark.
Johnny nickte. "Ja, aber seit drei Monaten nicht mehr."
Musik war sein Lieblingsfach. Er hatte eine Gitarre mitgebracht. Das Instrument lag oben auf einem Schrank.
"Ich würde mich an deiner Stelle nicht beschweren, Johnny," rief George lachend, "wenigstens bist du hier die Pauker los!"
Johnny sagte leise, daß er lieber lernen würde. Es war offensichtlich, daß er unter dem Klinikaufenthalt litt, dem Verlust seiner Familie und seiner Freunde, den schlimmen Behandlungsmethoden. Seine Eltern besuchten ihn regelmäßig jeden Tag.

Richard hatte sich in Georges früherem Bett niedergelassen. Er war fünfunddreißig Jahre alt und als Gerbermeister in einer Lederwarenfabrik beschäftigt. Am meisten war er um seine vier Kinder besorgt.
"Sie sind erst zwischen zwei und acht und brauchen mich doch noch," erzählte er deprimiert. Das St. Elizabeth Memorial Medical Center war bereits das dritte Krankenhaus, in das man ihn überwiesen hatte. Kein Arzt hatte bisher eine sichere Diagnose seiner Krankheit gefunden. Während er an einem Tag ein Stützgestell brauchte, damit er überhaupt nur ein paar Schritte gehen konnte, war er am anderen Tag scheinbar wieder vollkommen gesund, und es gab keinerlei Beeinträchtigungen.
"Es muß irgendein Defekt an der Wirbelsäule sein, aber sie können nicht herausfinden, woran es liegt..."
Im Augenblick konnte er sich ohne Hilfsmittel fortbewegen, wenn auch nur langsam und vorsichtig. In seinem Bett befand sich eine harte, halbrunde Gipsschale, und für Mark war es unvorstellbar, daß jemand auf einer so harten Unterlage liegen, geschweige denn auch noch schlafen konnte.
Nach dem Frühstück legte sich Mark in sein frischbezogenes Bett.
Bald mußte die Visite stattfinden, das wußte er, in Fragen der Organisation der Station Osterberg war er zum Experten geworden, und sicher hatte sich an den traditionellen Abläufen in der Zwischenzeit nichts geändert. Der ersten Visite nach der Pause sah er mit größtem Unbehagen entgegen.
Vorher kam jedoch Schwester Meredith zur unvermeidlichen Blutentnahme.
Die Ergebnisse der Entnahmen während der Erholungswochen waren recht ordentlich ausgefallen. Die Leukozyten hatten sich bei ungefähr zweitausendfünfhundert eingependelt. Das war zwar noch kein normaler Wert, aber unter den gegebenen Umständen und nach so kurzer Zeit bedeutete die Zahl schon einen beträchtlichen Fortschritt.
Ich streckte meinen Kopf durch die Tür und verkündete, daß die Visite bereits im Zimmer nebenan angelangt sei. Es war ein strenges und ungeschriebenes Gesetz, daß alle Patienten der Station sich während der Zeit der Visite in ihren Betten

aufzuhalten hatten.
Nach einigen Minuten öffnete sich die Tür, und ein Pulk von Ärzten nahm zwischen George und Johnny Aufstellung. Professor Dr. Barkley führte die Kolonne an.
Mark hatte Professor Dr. Barkley seit seiner Entlassung vor einem Monat nicht mehr persönlich gesehen. Das neuerliche Zusammentreffen erfüllte ihn deshalb mit kaum zu unterdrückender Nervosität. Als die Ärzte das weitere Vorgehen bei den anderen erörtert und festgelegt hatten, war Mark als letzter an der Reihe.
"Mhm, Mark ist also wieder zurück," stellte Professor Dr. Barkley fest. Er vertiefte sich in die Krankenblätter, die Schwester Bonaventura neben ihm bereithielt. Dabei schüttelte er seinen Kopf, und Marks Nervosität wuchs.
"Ich vermisse etwas," murmelte er, in den Unterlagen blätternd. "Ich kann nirgends finden, daß die Milz entnommen worden ist."
Er wandte sich an Mark.
"Ist dir die Milz noch nicht herausoperiert worden?"
"Nein," sagte Mark, und er dachte beängstigt: Das wird er doch nicht anordnen wollen!
"Die Chirurgie soll erst einmal die Milz herausnehmen," diktierte Professor Dr. Barkley. Schwester Bonaventura schrieb aufmerksam mit.
"Vorher brauchen wir mit der Behandlung gar nicht weiterzumachen. Sie sollen das gleich erledigen."
Damit war die Visite an diesem Morgen beendet, und Mark, voller Gedanken zurückbleibend, benötigte den gesamten Vormittag, um sich mit der Frage auseinanderzusetzen, ob er gegen die Anordnung Professor Dr. Barkleys nun Widerspruch einlegen sollte oder nicht. Auf diesen beabsichtigten weiteren Verlauf war er nicht eingerichtet. Mit allen möglichen Einfällen hatte er gerechnet, mit neuen Bestrahlungsserien, chemischen Medikamenten, Infusionen, Untersuchungen. Mit einer Operation nicht. Darauf war er nicht vorbereitet. Daran hatte er nicht im entferntesten gedacht. Er suchte mich.
"Sie wollen die Milz herausoperieren und haben mich nicht einmal gefragt," erzählte er niedergeschlagen. "Sie glauben, daß ich mit allen ihren Anordnungen einverstanden bin.

Aber sie können sich auch täuschen!"
Er machte den Eindruck, als ob er entschlossen sei, sich energisch zur Wehr zu setzen. Ich erklärte ihm, daß normalerweise bei allen Patienten, die an Lymphogranulomatose erkrankt seien, die Milz entfernt werde. "Ich habe mich schon gewundert, daß sie es bei dir nicht getan haben," sagte ich.
"Sie haben es wohl versäumt," klagte Mark, "und jetzt wollen sie es nachholen. Ich bin mir aber nicht im klaren, ob es wirklich notwendig ist."
Wir liefen nebeneinander den Gang entlang.
"Irgendeinen Sinn wird es schon haben," überlegte er angestrengt, "sonst würde man es ja nicht tun. Aber jedes Organ muß auch seinen Zweck haben, und sicher ist es für den Körper genauso wichtig, seine Organe zu behalten."
"Du mußt Professor Dr. Barkley vertrauen," sagte ich. "Er ist ein anerkannter Fachmann und hat große Erfahrungen."
Mark schien nicht überzeugt. Dennoch entschied er sich am Schluß, die Operation zu akzeptieren.

Am Abend fragt eine junge Frau nach seinem Alter und seinem Gewicht.
Sie hat sich als Dr. Joy Carpenter vorgestellt und gesagt, daß sie während der Operation für seine Narkose zuständig sei.
"Rauchst du?"
"Nein," erwidert Mark. "Ich habe noch nie geraucht."
"Oh, das ist vorbildlich," sagt Dr. Carpenter und trägt einen entsprechenden Vermerk in ihre Unterlagen ein.
"Ja, aber die anderen sind draußen, obwohl sie rauchen, und ich liege hier drin, obwohl ich nicht rauche."
Die Ärztin geht auf seine Feststellung nicht ein. Sie will frühere Erkrankungen und Allergien wissen, kreuzt an, bringt kleine Hinweise an. Als sie das Formular vollständig ausgefüllt hat, teilt sie Mark mit, daß seine Operation am nächsten Vormittag auf neun Uhr angesetzt ist.
"Du darfst morgen nichts frühstücken," belehrt sie ihn zusätzlich, und Mark sagt, daß er sowieso nichts essen könnte. Er steht der Operation, die er für überflüssig hält, immer noch mit zwiespältigen Gefühlen gegenüber.

"Es wird keine Komplikationen geben," prophezeit Dr. Carpenter. Sie steckt ihre Aufzeichnungen in ihre Kitteltasche. "Du gehörst keiner Risikogruppe an und bist in guter körperlicher Verfassung. Den Eingriff wirst du ohne Schwierigkeiten überstehen."
Dann verabschiedet sie sich freundlich, indem sie ihm die Hand gibt.
"Morgen früh werden wir uns vor dem Operationssaal wiedersehen."
Als die Anästhesistin gegangen ist, gibt Mark die Hiobsbotschaft per Telefon an seine Eltern durch, aber er will gleichzeitig unter keinen Umständen, daß seine Mutter ihn deshalb besuchen kommt.
"Es ist nur ein kleiner Eingriff, Mam, ihr braucht euch wirklich keine Sorgen zu machen."
Der Gesundheitszustand seines Vaters hat sich noch nicht gebessert. Mark muß versprechen, wieder anzurufen, wenn alles vorbei ist.
"Ja, ich werde euch Bescheid geben," verspricht er, "es ist ja keine große Sache."
Mir fällt auf, wie Mark das Problem der Operation, das ihn doch sehr belastet, bedrückt, alle seine Gedanken beschäftigt, nach außen zu bagatellisieren versucht.
Er würde nicht zugeben, daß er vor dem bevorstehenden Tag Angst hat.
Schwester Bonaventura fragt, ob er eine Tablette benötigt, damit er besser schlafen kann. Er lehnt ab. Gegen Medikamente jeder Art hat er eine unüberwindliche Abneigung entwickelt.
Sein Schlaf in der Nacht ist unruhig und von Alpträumen begleitet.

Am nächsten Morgen bin ich die erste, die sich um Mark kümmert. Während die anderen frühstücken, injiziere ich ihm eine Spritze, die Gleichgültigkeit vermitteln soll, und tatsächlich schwinden mit ihr die Nervosität, die Brisanz aller Zweifel, die Verkrampfung. Auch nach der Injektion ist Mark bei Sinnen, aber seine Abwehr verkehrt sich in Ruhe, endlich auch in Gelassenheit. Obwohl er durchaus in der Lage wäre, den Weg zum Operationssaal zu Fuß zurückzulegen, muß er von seinem Bett auf eine Bahre umsteigen. Ich habe die Aufgabe übernommen, ihn zur Chirurgie hinüberzufahren, und Mark findet es belustigend und abenteuerlich zugleich, daß wir auf diese Weise zusammensein können, ohne daß jemand von unserer Verbindung weiß. Ich schiebe ihn durch die Gänge des Medizinischen Hospitals, hinüber in den Trakt der Chirurgischen Abteilung, irgendwo drücke ich die Knöpfe eines Fahrstuhls, wir gelangen in einen leeren Vorraum, wo ich die Bahre abstelle. Ich sage, daß wir am Ziel angekommen sind.

Mark blickt sich um.

Der Operationssaal. Die Tür steht halb offen.

Er findet die schmucklose Bahnhofsuhr, die ihn überall im Medical Center zu verfolgen scheint.

Zehn Minuten vor neun.

Noch zehn Minuten.

"Es ist keine große Geschichte," will ich ihn beruhigen.

"Ich weiß," sagt Mark. Es ist ihm egal. George hat ihm erzählt, daß er schon lange keine Milz mehr hat. Man kann auch ohne Milz leben.

Aber selbst wenn es nicht so wäre, wäre es ihm in diesem Augenblick egal.

"Damals bin ich in einem anderen Saal operiert worden," sagt er. Der Vorraum damals, erinnert er sich, ist kleiner gewesen.

Der Zeiger der Uhr springt eine Minute weiter.

Aus der horizontalen Lage sieht die Welt merkwürdig verändert aus.

"Ich könnte jetzt immer noch fliehen," sagt Mark, "aber ich will gar nicht mehr. Vielleicht ist es richtig, daß sie die Milz herausholen. Wenn es meine einzige Chance ist, muß ich sie nutzen."

Ein Arzt im grünen Kittel kommt aus dem Operationssaal heraus, ohne Mark zu beachten. Er trägt eine grüne Kappe und eine Maske vor dem Gesicht.

Einen Augenblick lang scheint ein Anflug von Nervosität Marks Gleichgültigkeit zu durchbrechen. Aber die Spritze behält die Oberhand.

Der Arzt tritt an das Waschbecken und wäscht seine Hände.

Fast gleichzeitig nimmt Mark die Ärztin Dr. Carpenter wahr, die ihn am gestrigen Abend ausgefragt hat.
"Ich gehe jetzt. Ich wünsche dir viel Glück," sage ich. Meine Hand berührt sein Gesicht. Dann muß ich gehen. Ich bete und drücke ihm die Daumen. Wieder wird mir die große Bedeutung bewußt, die Mark für mich hat.
Mark fühlt sich plötzlich alleingelassen. Meine Nähe war ihm außerordentlich wichtig und fehlt ihm jetzt.
Der Mann im grünen Kittel blickt ihn an, während er seine Hände an einem Handtuch reibt. Dr. Carpenter, die sich irgendwo außerhalb seines Sichtbereiches aufgehalten hat, taucht wieder auf. Sie fordert ihn auf, seinen Arm auf ein Gestell neben seiner Bahre zu legen, das einem kleinen Bügelbrett ähnelt. Ihre Stimme ist weich und freundlich.
Mark leistet der Aufforderung ohne Gemütsregung Folge.
Hat er sich vor dieser Operation wirklich gefürchtet?
Er beobachtet die Szenerie um ihn herum gelangweilt und ohne Interesse. Dabei hat er doch alles aufmerksam verfolgen wollen, nichts sollte ihm entgehen, schließlich ist er der Betroffene und jeder Handgriff aufschlußreich!
Dr. Carpenter lächelt ihm aufmunternd zu. Er weiß nicht einmal, ob er zurücklächelt. Das Letzte, was er spürt, ist ein leichter Einstich in seinem linken Arm.

Zuerst sind die Stimmen weit entfernt.
Meine ist darunter.
Dann kommen sie näher, immer näher. Eine Helligkeit zieht aus dem Nebel herauf.
"Gleich wird er aufwachen."
Er kann den Stimmen nicht mehr entgehen. Die Helligkeit schwimmt auf ihn zu, zwingt ihn, die Augen aufzuschlagen.
Langsam tauchen aus dem Nebel Konturen.
"Es ist alles vorbei. Wie fühlst du dich?"
Die Konturen verdichten sich in die Umrisse eines Gesichts.
Das Waschbecken. Der Schrank.
Die Helligkeit kommt vom Fenster her.
"Wie geht es dir?"
Er fährt mit der Zunge über seine trockenen Lippen. Sein Hals, der Gaumen, die Lippen sind ausgetrocknet und schmerzen. Während der Operation war eine Klammer an

seinen Lippen angebracht.
Müde registriert er, daß er in seinem Bett liegt, umgeben von dem Zimmer der Station Osterberg, und ich sitze auf dem Rand des Bettes, lächele ihn an.
Nur zögernd wehen die Schleier davon.
"Wieviel Uhr ist es?" fragt er. Die Bahnhofsuhr ist in seiner Erinnerung, das Ziffernblatt, es hat zuletzt fünf Minuten vor neun angezeigt.
"Fast drei Uhr. Du hast alles hinter dir," sage ich lächelnd.
Ach ja, die Operation. Seine Gedanken kehren zurück. Sie haben die Milz entfernt. Seine Hände tasten vorsichtig hinab an seinen Bauch. Er findet Mull, einen dicken Verband. Sie sind der Beweis, daß die Operation stattgefunden hat und daß sie wirklich hinter ihm liegt.
Die Trockenheit in seinem Hals und in seinem Mund will nicht verschwinden.
"Meinst du, daß ich eine Tasse Tee schon trinken darf?" fragt er mich.
"Später," tröste ich ihn. "Später bringe ich dir eine Tasse."
Ein Gefühl der Dankbarkeit und Erleichterung erfüllt ihn plötzlich. Er ist erleichtert, daß er aus der Narkose wieder aufgewacht ist. Seiner Mutter hat er am Telefon durchgegeben, daß ihm die Narkose unheimlich sei. Der Betäubung hat er sich hilflos ausgeliefert gefühlt, und auch die Tatsache, daß nur ein verschwindend geringes Risiko bestand, hatte sein beängstigendes Gefühl nicht vertreiben können.
Nun ist er also wieder erwacht. Er ergreift meine Hand, ohne an seine Zimmergenossen zu denken. Bei klarem Verstand hätte er diese Geste sicher nicht gewagt. Meine Anwesenheit hilft ihm außerordentlich.
Ich streichle ihm zärtlich über das Gesicht.
"Oh, mir hat man auch die Milz herausgenommen, aber so angenehm bin ich, glaube ich, nicht empfangen worden!" lästert George aus seinem Bett herüber.
"Du kannst dich über deine Betreuung sicher auch nicht beklagen!" gebe ich lachend zurück. Mark ist zu geschwächt und zu müde, um sich an den Sticheleien zu beteiligen. Seine Gedanken fliegen davon, und es fällt ihm schwer, seine Augen offenzuhalten.
"Jetzt mußt du dich erst einmal ausruhen," schlage ich vor.

Ich ziehe mich zurück, ohne daß Mark es bemerkt.
Als ich das Zimmer verlasse, ist er bereits wieder eingeschlafen.

XII

Wir alle hatten gehofft, daß Marks Remission und Aufwärtsentwicklung anhalten würde. Doch leider war diese Hoffnung nicht begründet. Nicht nur, daß Mark bei der Operation eine Menge Blut verloren hatte und tagelang das Bett hüten mußte, die Ärzte hatten während des Eingriffs auch festgestellt, daß die Wucherungen weitergewachsen waren. Die Remission hatte also schon nach kurzer Zeit wieder ein Ende gefunden.

Ich begleitete manchmal die Visite Professor Dr. Barkleys, wenn Schwester Bonaventura anderweit unabkömmlich war, und da niemand meine Beziehung zu Mark wirklich kannte, konnte ich die Diskussionen und Meinungen der Ärzte über Marks Zustand unzensiert mithören. Offensichtlich bestand für irgendeine Euphorie kein Anlaß. Obwohl Mark äußerlich und vor allem im Vergleich zu seinem Aussehen vor der Pause relativ gut erholt erschien, waren Professor Dr. Barkley und Oberarzt Dr. Lindbergh stark besorgt. Sie ordneten ungefähr nach einer Woche der Rekonvaleszens an, daß sich Mark wieder bei Dr. Ayaz einfinden müsse. Mark kannte die Prozedur bereits.

Der dunkelhäutige Arzt hieß auf der Station Osterberg unter den Patienten allgemein nur *der Maler*, und es war eigentlich nicht die rote Bemalung, die Mark nun wieder hinnehmen mußte und die ihn störte, viel mehr (und doch machtlos) wehrte er sich innerlich gegen die damit verbundenen Umstände, nämlich das Verbot, Wasser an die Haut zu bringen, und die neue Strahlenserie selbst.

Dr. Ayaz war gesprächiger als beim ersten Mal. Er zog lange Linien im Leistenbereich. Sofort danach erhielt Mark einen Termin unten im Strahlenbunker.

Alles war ihm dieses Mal vertraut. Er kannte den Fahrstuhl, den kahlen Vorraum, die Stühle, auf denen die Krebspatienten auf ihre strahlenspendende Maschine warteten, den dünnen weißbetuchten Tisch unter dem gewaltigen Monstrum. Auch die Schwester aus dem Tower begrüßte ihn als alten Stammgast.

Wieder füllten sich seine Unterlagen mit Zahlen. Der Radiologe stellte das Bestrahlungsgerät auf alle einzelnen

Felder ein, die Dr. Ayaz sorgfältig aufgezeichnet hatte. Die Einstellungen im Leistenbereich waren mindestens genau so diffizil wie im Brustraum, wo Herz und Lunge geschützt werden mußten, denn im Genitalbereich konnte die Zeugungsfähigkeit der Patienten irreparabel geschädigt werden, und das wollte man vor allem bei jungen Patienten vermeiden. Ein dicker Bleikasten mußte die Strahlen zusätzlich abschirmen.
"Wenn du ein alter Mann wärst, Mark, müßten wir nicht mehr so arg aufpassen," flachste die Schwester, "aber in deinem Alter willst du bestimmt noch irgendwann Vater werden."
"Ja, natürlich," sagte Mark. Mit dieser Frage hatte er sich noch gar nicht auseinandergesetzt, aber allein die Möglichkeit, daß die Strahlen ihm auch noch seine Zeugungsfähigkeit wegnehmen konnten, machten sie ihm noch mehr verhaßt.
Er mußte jeden Morgen einen größeren Widerwillen überwinden, hinunter in den Bunker zu fahren.
Seine Chancen verschlechterten sich im Zeitraum von nur wenigen Wochen radikal. Trotz der zurückliegenden Strahlenserie hatten auch im bestrahlten Brustbereich ein paar Knoten nicht vollständig ausgerottet werden können. Dr. Lindbergh wollte sie einzeln zusätzlich nachbestrahlen.
Doch viel besorgniserregender war die Tatsache, daß der Befall des Knochenmarks und der Leber zunahm. Unter diesem Gesichtspunkt waren die Strahlen im Leistenbereich nur ein Tropfen auf den heißen Stein. Man hätte alles auf einmal machen müssen, alles nebeneinander und mit vollem Einsatz, aber natürlich mußten die Ärzte Schwerpunkte setzen, sie konnten nicht alle Therapien gleichzeitig und überall durchführen. Die Behandlung war ein Wettlauf mit der Zeit.

"Dürfen wir uns zu dir setzen?" fragte Steve.
Es war ein Zufall, daß wir im Speisesaal aufeinandertrafen.
Ich hatte seit dem Urlaub meine Mittagspause immer so gewählt, daß ich, jedenfalls nach der bisherigen Gewohnheit, beim Essen nach aller Voraussicht nicht mehr mit Frank zusammentreffen würde, aber irgendwann auf Dauer hätte sich dieser Zufall wohl sowieso nicht vermeiden las-

sen.
"Ja, natürlich," sagte ich.
Frank und Steve hatten den Speisesaal betreten, als ich bereits beim Essen saß. Ich hatte mich mit Schwester Meredith abgewechselt und saß ganz allein an einem kleinen Tisch.
Steve war schon früher immer direkt und ohne Umschweife gewesen. Er nahm neben mir Platz.
"Bist du immer noch mit diesem Patienten, wie heißt er doch..."
"Mark," sagte ich.
"...ja, richtig, mit diesem Mark zusammen?"
Ich nickte. "Ja."
Steve schob das Tablett zur Seite und schöpfte sich Suppe in seinen Teller.
"Ich meine, ich möchte dich ja nicht umstimmen, aber vielleicht hast du dir inzwischen Gedanken gemacht..."
"Ich würde alles vergessen," unterbrach Frank seinen Freund und wandte sich mir zu. "Es ist einfach ein Kurzschluß gewesen, und ich schlage vor, wir streichen dieses Kapitel."
Ich schüttelte den Kopf.
"Was haben denn deine Eltern gesagt?" fragte Frank. "Meine sind aus allen Wolken gefallen. Sie hatten schon fest mit dir als Schwiegertochter gerechnet."
"Frank braucht nach dir seinen Eltern gar keine neue Freundin mehr vorzustellen, sie würden eine andere sowieso nicht mehr akzeptieren," lachte Steve. "Denk noch einmal nach, Jennifer, ich glaube, du hast einen Fehler gemacht. Die ganze Geschichte war ein bißchen überstürzt. Und dieser Mark - wie geht es ihm eigentlich?"
"Es ist sehr schwierig," sagte ich. "Die Ärzte wissen nicht, wo sie anfangen sollen. Die Knoten breiten sich aus. Überall. Das Wachstum ist zu schnell."
"Willst du nicht noch einmal alles überdenken?" fragte Frank. "In zwei Monaten bin ich mit meinem chirurgischen Praktikum fertig."
"Nein," sagte ich.
Als ich gegessen hatte, stand ich auf und verabschiedete mich.

"Ich muß jetzt zurück. Ich muß auf der Station noch einiges erledigen."
Vor dem Trakt, in dem sich der Speisesaal befand, saß Mark auf einer Bank, um mich abzuholen. Es war das erste Mal, daß er mich begleiten wollte. Er hatte sich einen Bademantel übergezogen und auf der Bank gegenüber dem Eingang gewartet.
"Ich möchte mit dir durch den Park gehen," bat er. "Im Bett herumliegen kann ich den ganzen Tag."
Wir liefen langsam und schweigend nebeneinander die sonnenüberfluteten Wege zurück. Hatte Mark gespürt, daß ich ausgerechnet an diesem Tag, an dem er mich erstmals abholte, mit Frank zusammengetroffen war? Ich mußte an mich halten, um Mark nicht vor allen Menschen, die im Park unterwegs waren, zu umarmen.
Nein, ich hatte keinen Fehler gemacht.
Es gab nichts zu bereuen, nichts rückgängig zu machen, nichts zu überlegen. Es gab nur ein gemeinsames Ziel, für das ich mitkämpfen wollte.

Seltsamerweise schien Mark, jedenfalls nach außen, weniger stark besorgt als früher. Er wirkte gefaßter und weniger betrübt, vielleicht auch, weil er über seinen Zustand nicht genau Bescheid wußte.
Ich war aufgrund meiner Position besser informiert. Das ganze erschreckende Ausmaß freilich erfuhr auch ich erst an einem Vormittag, als ich vor der offenstehenden Tür des Arztzimmers Zeugin eines Gesprächs zwischen Professor Dr. Barkley und Dr. Lindbergh wurde.
"Wenn es uns nicht gelingt, die Ausbreitung auf der ganzen Linie zu unterbrechen, wird er das nächste Jahr kaum erleben," sagte Professor Dr. Barkley. Sie diskutierten über den Einsatz von chemischen Medikamenten, die den Tumor umfassender angreifen könnten als die örtlich begrenzte Strahlentherapie.
Ich war vollkommen erstarrt. Zwar wußte ich, daß Marks Remission beendet und er zur Zeit in keiner sehr günstigen Lage war. Daß er sich aber bereits in so großer Zeitnot befand, war mir neu, ich lauschte bestürzt, es gab keinen Zweifel: Die Ärzte redeten über Mark. Es war ein schreck-

licher Gedanke, daß seine Lage schon so ernst und so weit fortgeschritten sein sollte. Das nächste Jahr begann in wenigen Monaten!
Nicht einmal bis dahin räumte Professor Dr. Barkley ihm eine Lebenserwartung ein?
Nach dem ersten Schock, und nachdem ich versucht hatte, meine Fassung wiederzugewinnen, eilte ich in Marks Krankenzimmer.
"Wie fühlst du dich?" fragte ich hastig.
"Warum?" fragte er zurück. "Ist etwas los?"
Vielleicht kam ihm die Frage verdächtig vor. Er war im Strahlenbunker gewesen und lag jetzt beschäftigungslos im Bett.
"Ich kann nicht gerade behaupten, daß ich mich großartig fühle, aber ich habe schon schlechtere Tage erlebt," sagte er verwundert.
Er richtete sich auf.
"Ist irgend etwas? Müßte ich mich gut oder schlecht fühlen?"
"Nein, nein," sagte ich schnell. Ich konnte nicht glauben, daß dieses Phantom, das man Krebs nannte und ohne vernünftigen Grund Marks Körper befallen hatte, ihn umbringen sollte. Es konnte nicht möglich sein. Es durfte nicht möglich sein! Es mußte eine Möglichkeit geben, dieses Phantom, das unaufhörlich und grundlos in seinem Körper am Werk war, zu vernichten!
Ich kannte die Tatsachen.
Wie oft schon hatte ich inzwischen das Gegenteil erlebt. Die Unfaßbarkeit mit eigenen Augen gesehen. Es war alles möglich.
Am Abend zeigte Mark mir stolz ein Kettchen mit einem Marienmedaillon, das er um den Hals trug.
"Das Medaillon hat mir Schwester Bonaventura geschenkt," erzählte er. "Es stammt aus Banneux, einem belgischen Wallfahrtsort, wo einmal Maria erschienen ist. Jetzt fließt eine Quelle dort, und es hat schon viele Wunder gegeben."
Er versteckte das Medaillon wieder unter seiner Schlafanzugjacke.
"Wahrscheinlich bin ich auch auf ein Wunder angewiesen," sagte er überlegend. "Hast du einen Augenblick Zeit?"

Er schwang sich aus seinem Bett, und wir gingen auf den Flur hinaus, wo die anderen nicht mithören konnten.
"Weißt du, eigentlich ist es auch gar nicht so wichtig, ob man achtzig oder zwanzig Jahre lang lebt," sagte er. "Die Zeitspanne ist immer zu kurz. Niemand will gern sterben. Aber wir müssen alle sterben, früher oder später. Vielleicht ist das Leben auf der anderen Seite viel schöner als hier."
Einen Augenblick lang fand ich keine Worte.
"Ich möchte dich trotzdem nicht hergeben," sagte ich dann.
"Nein, ich will dich auch nicht hergeben," sagte Mark, "das hat damit nichts zu tun. Ich weiß, daß ich mich nicht aufgeben darf, niemals, aber ich muß mich hingeben, verstehst du das?"
Seinen täglichen Gang in die Kapelle hatte er noch keinen einzigen Tag versäumt. Ich bewunderte seine Ruhe und Gelassenheit.
"Du wirst den verdammten Krebs besiegen," sagte ich beschwörend. Meine Worte drückten mehr als nur Hoffnung aus. Sie waren ein inbrünstiges, flehentliches Gebet.

Das gesamte Ausmaß des Ernstes seiner Lage war Mark tatsächlich nicht bekannt. Professor Dr. Barkley hatte ihn zwar aufgeklärt, daß die Knoten in seinem Körper weitergewachsen waren, aber Mark nahm an, daß seine Situation sich dadurch nicht wesentlich oder gar bedrohlich verschlechtert habe.
Erst ein anderer Umstand ließ ihn dann eher mißtrauisch werden: Unversehens und ohne vorherige Absprache tauchte seine Mutter wieder im Memorial auf. Es erschien ungewöhnlich, daß sie sich ohne Rücksprache mit ihm einfach ins Flugzeug setzte und herüber nach Plainville flog. Ihr Entschluß, zu dem sie ihn nicht zu Rate gezogen hatte, mußte irgendeinen realistischen Hintergrund haben (und in der Tat hatte Professor Dr. Barkley ihr die Probleme telefonisch geschildert und ihr seine Befürchtungen mitgeteilt).
"Die Behandlung ist wohl kein großer Erfolg, Mam," stellte Mark fest, "sonst würdest du nicht zu Hause alles stehen- und liegenlassen."
Es war mehr als eine Frage gedacht.
"Es besteht kein Anlaß zur Sorge, Mark," versuchte sie ihn

zu beruhigen. "Pa geht es wieder ein wenig besser, und ich habe dich schon eine ganze Weile nicht mehr gesehen. Ich will die Besuche bei meinen Männern nur gerecht verteilen."
Sie lachte aufmunternd, doch es gelang ihr nicht, ihn wirklich zu überzeugen.
"Mit Pa bist du verheiratet, und er braucht dich bestimmt dringender," sagte er weiterhin mißtrauisch.
Eigentlich bestand Mark ohne Ausnahme auf rücksichtsloser Offenheit. Er hätte kein einziges Argument gelten lassen, ihm irgendein Problem zu verschweigen, auch wenn es sehr schmerzlich oder nachteilig für ihn war. Aber weder seine Mutter noch ich brachten es fertig, ihm die Prognose der Ärzte ungeschminkt weiterzugeben.
Wahrscheinlich hätte Mark die Nachricht sogar verkraftet. Er war stark und bereits mit vielen schlechten Nachrichten konfrontiert worden. Aber wozu ihn noch mehr quälen? Wem hätte die Mitteilung genutzt? Es war nur eine subjektive Einschätzung, die zutreffen mochte oder auch nicht. Es gab viele Unwägbarkeiten im Leben, viele sensationelle Wendungen, und es gab viele Fälle, bei denen sich die Prognosen der Ärzte nicht bestätigt hatten. Warum sollte Mark nicht dazugehören? Nein, es war nicht notwendig, ihn mit einer Prognose zu belasten, die jederzeit widerlegbar blieb. Er kannte seine Krankheit ja, und auch alle Risiken. Seine Mutter und ich waren uns einig, seine Probleme, mit denen er sich sowieso herumzuschlagen hatte, nicht noch zusätzlich zu dramatisieren.
"Du darfst mich nicht falsch verstehen, Mam," sagte Mark, "ich freue mich, daß du gekommen bist. Aber es wäre nicht nötig gewesen."

Genau achtzehn Tage nach Marks Rückkehr in das St. Elizabeth Memorial Medical Center trat sein malträtierter Körper in den Ausstand.
Die Blutwerte fielen auf einen Stand, den sie im ersten Abschnitt erst nach Beendigung der Strahlenserie erreicht hatten. Sein Körper verweigerte die weitere Mitarbeit.
Seit Aufnahme der Strahlentherapie im Leistenbereich hatte er erst acht Bestrahlungen erhalten, eine relativ geringe

Anzahl, bei der mit einer so rapiden Verschlechterung der Blutwerte unter normalen Umständen noch keinesfalls zu rechnen war.
Die Ärzte konnten das dramatische Absinken der Leukozyten natürlich nicht unbeachtet lassen: Die Strahlenbehandlung mußte sofort abgebrochen werden, wenn man größeres Unheil verhüten wollte. Doch was nun?
Professor Dr. Barkley war ratlos.
Er sah die einzige Chance in einer massiven Zufuhr verschiedener Zytostatika, aber andererseits setzte auch eine solche kombinierte Chemotherapie eine gute körperliche Verfassung voraus. Erst recht diese Medikamente hätten Marks Widerstandskraft enorm belastet, wie sollte er das aushalten?
Andere Möglichkeiten gab es nicht. Andere Methoden hatte die Schulmedizin nicht mehr zur Verfügung, nachdem die Strahlen Marks Körper bereits vorzeitig zur Aufgabe gezwungen hatten.
"Er muß die Medikamente durchstehen," sagte Professor Dr. Barkley. "Er hat nur diese eine Wahl. Eine andere gibt es nicht."
Er bat Marks Mutter, ihn auf die neue Situation vorzubereiten.
"Sprechen Sie mit ihm," meinte er, "dann wird er sich leichter damit abfinden."
"Ich will es versuchen, aber für einen Erfolg kann ich nicht garantieren," sagte sie.
Als Mark vom Abbruch der Strahlenbehandlung hörte, nahm er diese Nachricht erstaunlich gelassen, ja fast erleichtert hin. Es schien, als ob ihn das Ende gar nicht sonderlich interessiere, und die neue Methode der zytostatischen Behandlung, die Professor Dr. Barkley in Erwägung zog, lehnte er kategorisch ab, es kam nicht einmal ein vernünftiges Gespräch darüber zustande.
"Ab heute trete ich in den Generalstreik!" verkündete er gutgelaunt, und er ließ sich auch durch den Hinweis nicht umstimmen, daß eine andere Möglichkeit nach ärztlicher Beurteilung nicht mehr blieb.
"Komisch, in den Wochen, als ich nicht im Medical Center gelegen bin, habe ich mich wohl gefühlt," sagte er. "Erst

jetzt, seit die Ärzte wieder ihre Methoden probieren, geht es wieder abwärts. Ich erhebe Widerspruch. Ich mache nicht mehr mit. Ich verweigere ihnen meine Zustimmung."
Er blieb bei seiner Entscheidung, auch als später Professor Dr. Barkley noch einmal persönlich mit ihm sprach. Alles Zureden half nichts. Alle Argumente schlugen fehl.
"Ich kündige hiermit meine Zusammenarbeit," beharrte er hartnäckig. Er dachte mit Grausen an die Chemotherapie, gegen die er ohnehin opponierte und gegen die er nach seinen ganzen Erfahrungen im Memorial eine fast unüberwindliche Abneigung aufgebaut hatte.
"Nein, Mam," sagte er bestimmt, "ich wechsle in die Opposition. Die Medikamente heilen mich nicht, sie behandeln mich nur. Ich muß mich erholen, eine andere Umgebung sehen, der Bunker und die Tabletten bringen mich um."
Professor Dr. Barkley gab seine Bemühungen auf. Er riet, daß Mark einige Tage ausspannen und dann wiederkommen solle.
Nach eingehenden Gesprächen erklärte sich Mark einverstanden, mit seiner Mutter nach Hause zu fliegen.
"Pa und Marie-Louise werden sich freuen," sagte sie. "Du kannst ausspannen und dich erholen und auf andere Gedanken kommen. Hast du dich von Jennifer schon verabschiedet?"
Mark lief davon, um mich zu suchen.
Auf dem Korridor spürte er mich auf.
"Ich darf gehen," sagte er. Seine Mutter räumte in seinem Krankenzimmer schon seine Sachen zusammen.
"Ich weiß," antwortete ich, da ich bereits davon erfahren hatte. "Ohne jede Behandlung?"
Er nickte trotzig.
"Ich muß mich erholen. Das letzte Mal ist es schließlich auch ohne Behandlung aufwärts gegangen."
Mehr sagte er nicht, aber es war offensichtlich, daß ihn noch etwas Wichtiges bedrängte. Nach einer Weile rückte er doch damit heraus: "Mit dir zusammen würde ich es natürlich besser schaffen. Deine Unterstützung werde ich sicher sehr vermissen."
Jetzt auf dem Korridor, so kurz vor seinem Weggang,

wurde ihm unsere bevorstehende Trennung plötzlich in ihrer ganzen Tragweite bewußt. Im Memorial war ich als Selbstverständlichkeit immer um ihn herum gewesen, meine ständige Anwesenheit hatte ihn über alle Drangsale hinweggeführt. Nun aber würde ich ihm überall fehlen.
Diese Trennung, den Nachteil, nicht mehr mit mir zusammenzusein, hatte er in seinem Bestreben, das Medical Center so schnell wie möglich zu verlassen, nicht bedacht. Plötzlich erschien ihm seine soeben erstrittene Freiheit gar nicht mehr erstrebenswert.
"Willst du nicht mitkommen?" fragte er unvermittelt. "Wir haben genügend Platz zu Hause."
Dann beantwortete er seine Frage selbst, und es klang ein bißchen wehmütig. "Ich weiß ja, du hast deinen Urlaub das letzte Mal schon für mich verbraucht."
Einen Augenblick lang standen wir unschlüssig voreinander, unfähig, auseinanderzugehen.
"Wann fliegt ihr?" wollte ich wissen.
"Wahrscheinlich morgen früh," sagte Mark.
Schwester Bonaventura lief lächelnd vorüber und verschwand im Stationszimmer. Ich sah ihr nachdenklich nach.
"Vielleicht gibt es doch eine Möglichkeit," sagte ich in einer plötzlichen Eingebung. "Warte bitte, ich komme wieder zurück, es kann eine Viertelstunde dauern."
Ich kann Mark jetzt nicht wochen- oder monatelang sich selbst überlassen! dachte ich. Ich kann ihn nicht allein lassen! Meine Gedanken überschlugen sich.
Ich näherte mich dem offenstehenden Stationszimmer, in dem Schwester Bonaventura ein Telefongespräch führte. In der Tür blieb ich mit pochenden Schläfen stehen.
Natürlich mußte ich eine plausible Erklärung haben.
Jetzt war es unausweichlich: Ich mußte meine Beziehung zu Mark offenbaren. Es gab keinen wichtigeren Grund als diesen. Schwester Bonaventura legte den Hörer auf.
"Ich muß unbedingt unbezahlten Urlaub erhalten," sagte ich aufgeregt.
Schwester Bonaventura drehte sich überrascht um.
"Aber du hast doch vor kurzem erst Urlaub gehabt?" fragte sie verwundert.
"Ja." Ich errötete über das ganze Gesicht. "Mark - ich habe

seinetwegen Urlaub gehabt. Ich kann ihn jetzt nicht allein lassen."
Es entstand eine Pause, die mir unendlich erschien.
"So ist das also...," sagte Schwester Bonaventura gedehnt. Ihrem Gesicht war nicht abzulesen, wie sie meinem Geständnis gegenüberstand.
Wieder eine unerträgliche Pause.
"Du weißt doch, daß es Schwestern streng untersagt ist, Beziehungen zu Patienten während ihres stationären Aufenthalts aufzunehmen," sagte sie schließlich. "Wenn ich davon erfahren hätte, hätte ich deine Versetzung auf eine andere Station betreiben müssen."
"Ich weiß," sagte ich leise.
"Dann weißt du auch, daß es unbezahlten Urlaub nur in ganz seltenen Ausnahmefällen und nur gibt, wenn ein sehr wichtiger Grund vorliegt."
"Ich kann mir keinen wichtigeren vorstellen," sagte ich tapfer.
Schwester Bonaventura konnte erstmals den Anflug eines nachsichtigen Lächelns nicht unterdrücken.
"Ist diese Beziehung ernst?" fragte sie prüfend.
"Ja," sagte ich. Jetzt war ich den Tränen nahe.
"Dann werde ich mit dem Professor und der zentralen Personalverwaltung reden."
Die im Dienst erfahrene Ordensschwester räusperte sich.
"Das Gesuch werde ich befürworten. Ich werde als Grund *dringende familiäre Angelegenheiten* nennen. *Eine schwere Erkrankung*. Du mußt deinen Antrag aber schriftlich nachreichen."
Es dauerte kaum zehn Minuten.
Ich war währenddessen zu Mark zurückgegangen und wartete auf dem Korridor mit ihm zusammen gespannt auf das Ergebnis.
Schwester Bonaventura kam aus dem Stationszimmer auf uns zu.
"Sie haben den Antrag ausnahmsweise genehmigt," sagte sie. "Vorläufig bis zu acht Wochen."
Sie sah Mark kopfschüttelnd an und lächelte.
"Ich habe keine Ahnung gehabt. Ihr seid hervorragende Schauspieler. Ihr habt mich die ganze Zeit hinters Licht

geführt. Trotzdem wünsche ich euch von Herzen alles Glück der Welt."
Sie gab Mark und mir lange die Hand. Dann wandte sie sich ab, drehte sich nach ein paar Schritten noch einmal um und verschwand endgültig in einem Krankenzimmer. Ich glaube, daß sie gerührt war. Professor Dr. Barkley versprach, einen vorläufigen Bericht an Marks Hausarzt in Hyannis Port zu übersenden.
"Er wird das Blut überwachen und die Rücküberweisung veranlassen, sobald die Fortsetzung der Behandlung möglich ist."
Erst danach verkündete Mark seiner Mutter die Überraschung, daß ich ihn nach Hyannis Port begleiten würde.
"Sie ist besser als jeder Arzt," erklärte er. "Wenn ich es mit ihr nicht schaffe, werde ich es überhaupt nicht schaffen."
"Wir haben wirklich keine Schwierigkeiten, dich bei uns unterzubringen," zerstreute auch Marks Mutter meine Bedenken, die ich in dieser Richtung äußerte.
"Pa ist sicher schon sehr gespannt auf dich," sagte Mark. "Schließlich ist es kein Normalfall für ein hübsches Mädchen, daß es sich in ein krankes Wrack verliebt. Ich verstehe dich heute noch nicht, aber es ist trotzdem ein überwältigendes Gefühl."
Marks Mutter hieß mich herzlich willkommen, indem sie mich in ihre Arme nahm. Dann hakten wir uns unter wie eine glückliche Familie. Niemand hätte die Sorgen vermutet, die wir mit uns trugen.
Draußen vor dem Haupteingang der Klinik wehte ein frischer Abendwind.

XIII

In den ersten Tagen ließ sich Mark lediglich dahintreiben. Er war zuletzt in der Sommerpause der Universität vor mehr als einem Jahr in Hyannis Port gewesen und beschränkte sich erst einmal darauf, seine Rückkehr in die Heimat zu genießen.
Seine Anwesenheit verbreitete sich in der Nachbarschaft wie ein Lauffeuer. Die meisten hatten bereits von seinem Schicksal gehört, und sie versuchten auf alle erdenkliche Weise ihn zu ermutigen und zu unterstützen. Sie brachten kleine Geschenke, und Mark erfuhr, daß sie sogar eine Versammlung abgehalten hatten, um einen Fonds für ihn zu gründen. Jeder wollte einen finanziellen Beitrag leisten, damit ihm, falls erforderlich, auch die teuerste ärztliche Betreuung zuteil werden konnte.
Ihre Anteilnahme war rührend und vor allem in psychischer Hinsicht wehr wichtig. Aber der Fonds war nicht nötig. Alle Geldmittel nützten nichts, wenn sein Körper vor den Behandlungsmethoden kapitulierte.
Ich wurde in die Familie aufgenommen, als gehöre ich ganz selbstverständlich dazu. Besonders Marks Vater war sehr stolz: "Mark hat noch nie eine Freundin mit nach Hause gebracht," sagte er. "Wenn er das jetzt tut, muß etwas dran sein, und er muß es sehr ernst meinen."
Und als Marie-Louise nicht in der Nähe war, erzählte mir Mark lachend, daß sie ihm bewundernd zugeflüstert habe: "Du hast gut gewählt. Sie ist ein wunderbares Mädchen."
Marks Zeitplan war zunächst voll damit ausgefüllt, mich bei allen seinen Freunden vorzustellen. Sein Terminkalender war randvoll und jeden Tag ausgelastet. Die Umgebung fernab des St. Elizabeth Memorial Medical Centers und das Wiedersehen mit vielen Bekannten, Schulfreunden und Kameraden lenkten ihn ab, schienen ihm Auftrieb zu geben und den Rückschlag zu verdrängen, in dem er sich doch eigentlich befand.
Doch er war unstet und von einer ständigen Hektik und Unruhe erfaßt. Ich bezweifelte, ob der Optimismus, den Mark nach außen zur Schau trug, auch wirklich echt war. Denn manchmal war er schon am frühen Nachmittag müde

und abgespannt. Er sah nicht gut aus, aber er überspielte alle Zweifel mit seiner sich geradezu überschlagenden Betriebsamkeit.
Ich ließ mich nicht davon täuschen und argwöhnte, daß er vor dem bedrohlichen Unheil nur einfach davonlaufen wollte. Sicher hatte er Angst, aber er zeigte sie nicht, und er sprach auch nicht davon. Ich erinnerte ihn, daß er sein Blut untersuchen lassen müsse.
"Das weiß ich sehr wohl," sagte Mark abwehrend. "Dann werde ich wieder ins Memorial eingewiesen, und das hat noch Zeit."
Das ist es also, er will die Zeit hinausschieben, Zeit gewinnen, dachte ich.
Die Zeit, die ihm verblieb, bis er wieder auf die Station Osterberg würde zurückkehren müssen, wurde sein kostbarstes Gut.
Früher hätte er niemals auch nur eine Kontrolluntersuchung versäumt. Jetzt ging er ihr ganz bewußt aus dem Weg, um einige Tage herauszuschinden.
Die Ärzte hatten ihm nicht gesagt, daß sich seine Aussichten dramatisch verschlechtert hatten und die Spanne seines Lebens nach menschlichem Ermessen nur noch nach Monaten oder gar Wochen zählte, aber er schien es auch ohne offizielle Erklärung zu ahnen. Der Therapie mit Zytostatika, die Professor Dr. Barkley noch einmal in Aussicht gestellt hatte, schien er selbst keine große Bedeutung mehr zuzumessen, er baute keine große Hoffnung darauf.
"Damit bringen sie mich nur unter die Erde," hatte er noch im Memorial gesagt, und er hatte seine Meinung darüber nicht geändert. Trotz seiner vielen Aktivitäten konnte er nicht ganz verdecken, daß er nervös war (auch wenn er es mit Ablenkungsmanövern versuchte). Ein paar Mal konnte man ihn in einem Gemütszustand antreffen, in dem er niedergeschlagen dasaß und keinen Ausweg mehr wußte, aber das war selten und nur der Fall, wenn er glaubte, daß niemand in der Nähe war. Meistens ließ er sich die Stimmungsschwankungen, denen er jetzt zunehmend stark unterworfen war, nicht anmerken.
Eine Diskussion bei Bekannten in der Nachbarschaft weckte dann plötzlich sein ganzes Interesse und sorgte für neue

Zuversicht:
In der Nähe hatte sich vor kurzem ein Arzt niedergelassen, der nach verschiedenen Methoden der ganzheitlichen Naturheilmedizin behandelte und angeblich bedeutende Erfolge erzielte. Er hieß Dr. Walton und hatte einige Artikel veröffentlicht, in denen er gegen die schlimmen Nebenerscheinungen der Schulmedizin bei der Krebsbehandlung zu Felde zog. Seither hatte er einen großen Bekanntheitsgrad, und viele Patienten suchten seine Hilfe. Er betrieb seine Praxis in Forest, einer kleinen Ortschaft nur wenige Meilen von Hyannis Port entfernt.
Mark besorgte sich den letzten Artikel, den Dr. Walton geschrieben hatte, und danach war er wie verändert. Er sagte, daß die Ansichten und Argumente ihm imponieren würden. Es sei einleuchtend, was Dr. Walton schreibe. Nach mehreren Tagen, in denen er völlig passiv war und sich um seine Krankheit nicht mehr gekümmert hatte, war er plötzlich noch einmal bereit, den Kampf aufzunehmen. Er gab mir den Auftrag, ihn bei Dr. Walton sogleich telefonisch anzumelden.
"Selbst wenn die Mittel nichts nutzen sollten, dann schaden sie jedenfalls auch nicht," sagte er abschwächend, aber es war zu spüren, daß er von neuer Hoffnung erfüllt war.

Sofort am nächsten Morgen fuhren wir hin. Dr. Walton hörte sich Marks Krankheitsgeschichte an und nahm verschiedene Untersuchungen vor. Für eine ambulante Behandlung war Marks Erkrankung schon zu weit vorangeschritten, aber Dr. Walton hielt eine stationäre Behandlung nicht für ganz aussichtslos. Er war mit einem Arzt befreundet, der ein Krankenhaus für biologische Krebsabwehr in Fort Laucester leitete und bot an, sich dafür einzusetzen, daß Mark so schnell wie möglich dort aufgenommen werden konnte. Für Mark gab es nichts zu überlegen. Er zögerte keinen Augenblick. Die Philosophie, die eigene Körperabwehr so zu stärken, daß sie selbst mit dem Krebs fertig zu werden vermochte - das lag ganz auf seiner Linie.
Dr. Walton erreichte tatsächlich, daß man ihn ohne Wartezeit aufzunehmen bereit war. Zufällig war in dem Hospital gerade ein Bett freigeworden, und Mark konnte sich noch an

demselben Tag vorstellen.
Er kam nach Hause und packte ohne Verzögerung seinen Koffer. Wieder mußte er reisen, aber dieses Mal nahm er es ohne Murren auf sich.
"Ich darf keine Zeit mehr verlieren," sagte er, "ich habe schon genug Tage versäumt."
Neuer Tatendrang hatte ihn gepackt. Seine körperliche Konstitution war nicht sehr berauschend. In der vergangenen Woche hatte er wenig daran gearbeitet, sie zu verbessern. Er hatte nur planlos, trotz aller Termine, in die Tage hineingelebt. Nun hatte er wieder ein richtiges Ziel vor Augen.
"Dr. Walton hat gesagt, daß sie im Allan Hospital alle Apparate zur Verfügung haben," erzählte er. "Er hat gesagt, daß eine einzelne Methode wahrscheinlich nicht wirksam wäre, aber viele Methoden und ihre Verbindung können es vielleicht schaffen."
Dr. Jourdan rief an. Er war der Hausarzt in Hyannis Port und erinnerte daran, daß Mark unbedingt zur Blutentnahme kommen solle. Gerade hatte er die Unterlagen vom Medical Center in Plainville erhalten.
"Sag ihm, daß ich mit einem Freund ans Meer gefahren bin und erst in ein paar Wochen zurückkomme," flüsterte Mark seiner Mutter zu, die am Telefon war. Es war noch nie vorgekommen, daß er sich verleugnen ließ. Wenn er sich jetzt in eine Notlüge flüchtete, mußte ihm die Sache mit der Naturheilmedizin sehr wichtig und unverzichtbar erscheinen.
"Er soll sich melden, sobald er zurück ist," sagte Dr. Jourdan. "Ich nehme an, daß Sie wissen, wie es um Ihren Sohn steht. Er muß schleunigst in die Klinik zurück!"
Während Marks Eltern Zweifel hatten, welches Verhalten jetzt das richtige sei, war Mark von der Richtigkeit seiner Entscheidung voll überzeugt.
"Die alten Methoden haben den Durchbruch nicht geschafft, also muß ich halt neue ergreifen," traf er seine Entscheidung bestimmt und ohne Wanken.
Was blieb ihm sonst auch übrig!
"Ihr braucht nicht mitzufahren," meinte er, als seine Mutter Anstalten traf, ihn zu begleiten. "Es macht keinen guten Eindruck, wenn ich schon am ersten Tag mit einem riesigen Begleitkommando komme."

Ich war die einzige Begleitung, die er duldete. Nach dem Mittagessen fuhren wir los.

Das Zentrum für biologische Krebsabwehr in Fort Laucester hatte den Vorteil, daß es von Hyannis Port aus in nicht einmal zwei Autostunden zu erreichen war. So konnten umständliche und zeitaufwendige Flugreisen entfallen, und Marks Eltern oder seine Freunde hatten die Möglichkeit, ihn jederzeit und nach Belieben zu besuchen und noch an demselben Tag wieder zurückzufahren. Das war in dem Zustand der Anspannung, in dem sich alle befanden, ein wichtiger und nicht zu unterschätzender Gesichtspunkt.
Wir fanden das Allan Hospital etwas außerhalb der Stadt auf einer leichten Anhöhe. Es hatte seinen Namen nach einem Arzt, der sich um die Jahrhundertwende große Verdienste bei der Erforschung der Naturheilkräfte erworben und sein Leben ganz in den Dienst dieser Forschung gestellt hatte. Das Hospital war in einem unscheinbaren, kleinen Gebäude untergebracht, aber das Parkgelände, das sich um das Haus herum bis weit in das hügelige Vorland hinaus erstreckte, war dafür um so prächtiger und imposant.
Vom ersten Augenblick an war auffallend, daß viele Patienten sich außerhalb des Hospitals aufhielten. Man sah Gruppen, die Spaziergänge oder Radtouren unternahmen. Überall waren herrliche Fuß- und Radwege angelegt. Andere absolvierten leichte Übungen an einigen Sportgeräten, die zwischen den Bäumen und Sträuchern im Park aufgestellt waren.
Im Eingangsbereich glich das Allan Hospital eher einem kleinen Hotel als einer Krankenanstalt. Die Anmeldung ähnelte mehr einer Rezeption. Der Boden war mit Teppichen belegt, an den Wänden hingen farbige Landschaftsbilder. Die Atmosphäre war einladend gemütlich und hatte nichts von der sterilen Umgebung, die in Kliniken ansonsten üblich war.
Die für die Aufnahme der Patienten zuständige Schwester war auf Marks Ankunft bereits vorbereitet.
"Dr. Walton hat dich schon angekündigt, Mark," sagte sie freundlich. "Ich will dir gleich dein Zimmer zeigen."
Sie ging uns voraus eine Treppe hinauf.

"Seid ihr verheiratet?" fragte sie unterwegs.
"Nein," erwiderte Mark verwundert. "Ist das wichtig?"
Die Schwester lachte.
"Ihr müßt nicht denken, daß ich neugierig bin. Aber Ehepaare können bei uns in einem gemeinsamen Zimmer untergebracht werden, wenn sie wollen. Wir halten das für sehr wichtig. Es gehört mit zur Therapie."
Das Zimmer war wohnlich eingerichtet und gewährte einen Blick auf den Park hinaus.
"Auch andere Angehörige oder Vertrauenspersonen sollten immer in der Nähe sein," fuhr die Schwester fort. "Deshalb können sie in einem Nebengebäude Zimmer mieten, und es ist sogar wünschenswert, daß sie am Essen und an möglichst vielen Aktivitäten teilnehmen."
Ich fragte nach den Kosten.
Die Unterkunft und Verpflegung waren zwar sehr preisgünstig, aber auf längere Dauer hätte ich die Aufwendungen dennoch nicht aufbringen können. Plötzlich standen Mark und ich also vor einem neuen Problem. Ich wollte keine Almosen und bestand darauf, keine fremde finanzielle Hilfe anzunehmen.
Nach kurzer Überlegung hatte die Schwester eine Idee.
"Wir können vielleicht eine ausgebildete Krankenschwester gebrauchen," sagte sie. "Ich werde nachfragen."
Ein paar Minuten später teilte sie mit, daß ich die anfallenden Kosten auch abarbeiten könne. "Mit drei Stunden täglich sollen alle Aufwendungen als bezahlt gelten."
Natürlich war ich mit dieser großzügigen Regelung sofort einverstanden.
Seit dem Beginn seiner Erkrankung hatte Mark jetzt bereits viele Monate in verschiedenen Klinikstationen zugebracht, aber er klagte nie darüber. Auf seinem Kopf bildete sich ein weicher Flaum. Er freute sich, daß die Haare wieder nachgewachsen waren, auch wenn sie eine hellere Farbe angenommen hatten als früher. Als wir ein Zimmer im Gästehaus ausgesucht hatten und er in sein eigenes Zimmer zurückgekehrt war, kam Dr. Hatkins, der ärztliche Leiter des Allan Hospitals, mit zwei weiteren Ärzten zur ersten Visite.
"Unser Dilemma ist, daß die meisten Patienten erst zu uns

kommen, wenn die sogenannten Schulmethoden versagt haben," klagte er. "Dabei wäre eine gemeinsame Schlacht von Anfang an für alle viel erfolgreicher."
Er fand einige Zähne, die entzündet waren, und ordnete an, daß sie gleich am nächsten Tag gezogen werden müßten.
"Wir müssen alle Herde beseitigen, die die Körperabwehr belasten und davon ablenken, ihre wichtigste Funktion und Aufgabe zu erfüllen, nämlich den Krebs zu bekämpfen."
Marks ständige Müdigkeit hatte stark zugenommen.
Im Gegensatz zu den Wochen, in denen er mit eigenen Fitnessprogrammen noch erfolgreich dagegen angekämpft hatte, konnte er in der letzten Zeit die Mattigkeit auch mit seiner Willenskraft nicht mehr überwinden.
In sein Tagebuch, das er während der gesamten Zeit ununterbrochen weiterführte, hatte er irgendwann in diesen Tagen den Vermerk eingetragen:

Ich weiß, daß ich mich aufraffen und Sport treiben müßte. Aber ich kann es nicht. Es fällt mir schon schwer, ganz normal zu Fuß zu gehen. Nach einer halben Meile bin ich schon völlig kaputt. Wie soll ich da einen Dauerlauf hinkriegen!

Die Eintragungen ab dem Tag seines Aufenthalts im Allan Hospital ließen dagegen erkennen, daß er neue Hoffnung schöpfte:

Dr. Hatkins hat eine ganze Reihe von neuen Maßnahmen angekündigt. Merkwürdig - im Medical Center hatte ich vor allen Anordnungen Angst. Hier freue ich mich über jede Maßnahme, die getroffen wird.

Alle Patienten, soweit sie nicht bettlägerig waren, und ebenso ihre Angehörigen konnten bei der Anmeldung Fahrräder für Ausflüge leihen. Auch Mark und ich benutzten täglich diesen Service. Es war gleichgültig, ob die Patienten Wanderungen oder Radtouren unternahmen und wie schnell sie die Strecken zurücklegten. Der Hauptzweck lag darin, daß sie überhaupt einer sportlichen Betätigung nachgingen. Es war wichtig, daß die Erkrankten nicht in Passivität ver-

sanken, und es gehörte zur Therapie, daß sie im Rahmen ihrer individuellen Leistungsfähigkeit beim Kampf gegen den Krebs aktiv mitarbeiteten.
Mark hatte erhebliche Schwierigkeiten mit seinem Kreislauf. Er mußte wieder ganz von vorn anfangen.
Eigentlich hätte man annehmen können, daß er darüber deprimiert sein würde, aber das war erstaunlicherweise nicht der Fall. Auch die Patienten ringsum, die ja alle ausnahmslos schwer krank waren, waren von so starkem Optimismus erfüllt, daß es geradezu unglaublich wirkte. Sogar in Fällen, die sich bereits in der Endphase befanden und völlig ausweglos erschienen, setzten die Betroffenen immer noch ihre ganze Hoffnung auf die Methoden dieses Hospitals außerhalb der anerkannten Schulmedizin.
Zu Marks neuer Zuversicht trug auch wesentlich die Bekanntschaft mit Rocco bei, den wir während einer Fahrradtour am zweiten Tag unseres Aufenthalts kennengelernt hatten. Rocco war in Marks Alter und in einer ziemlich ähnlichen Situation. Trotzdem gab er sich absolut siegesgewiß. Er erzählte, daß die "normalen" Krebsärzte ihn bereits aufgegeben hatten, als er, sozusagen als letzter Ausweg, ins Allan Hospital gekommen sei.
"Hier bin ich nun seit drei Wochen," berichtete er, "und seither habe ich eine vollständige Remission."
Auch andere Patienten erzählten von ihren Erfolgen. Es war tatsächlich auffällig, daß fast alle sich besser fühlten, jedenfalls im Vergleich zu den Behandlungen, die die allermeisten von ihnen schon hinter sich hatten.
In letzter Zeit war Mark nahe daran gewesen, alles hinzuwerfen. Die vergangenen Wochen hatten ihn nicht mehr so kämpferisch gezeigt, seine Kraft hatte nachgelassen, und er schien den Glauben an die Medizin endgültig verloren zu haben.
Roccos Erfolg und die Erfolge der anderen ermutigten ihn wieder. Er reckte wieder die Faust. Der alte Kampfgeist brach noch einmal verbissen hervor.
"Ich darf mich doch von ein paar läppischen Rückschlägen nicht beeindrucken lassen!"
Er haderte mit sich selbst, beschimpfte sich, daß er ein Weichling sei und schon schmählich habe aufgeben wollen.

Seine Eltern (die äußerst besorgt waren, und sogar sein Vater ließ sich die Reisen nicht mehr nehmen) stellten die neue Wandlung bei Besuchen mit freudiger Überraschung fest. Es gab keinen Zweifel: Mark befand sich psychologisch wieder im Aufwind. Es war imponierend, wie er trotz seiner schlechten körperlichen Verfassung den Kampf wieder aufnahm.

Er hatte sich seiner alten Tugenden wieder erinnert.

Nie aufgeben!

Die eigenen Schwächen überwinden!

Was bei seinen früheren sportlichen Wettkämpfen galt, das mußte er jetzt auf seine Krankheit übertragen. Er nahm die Herausforderung mit neuem Mut und immer noch ungebrochen an.

Dr. Hatkins erklärte seine Behandlungsmethoden ausführlich.

Marks Körper wurden Mistelpräparate und Thymusextrakte zugeführt, und seine Ernährung wurde von Grund auf umgestellt. Der neue Speiseplan basierte auf milchsaurer Kost. Er durfte kein Weißbrot, keine Butter, keinen Käse mehr essen. Alle Süßigkeiten, die mit Industriezucker hergestellt waren, waren strengstens verboten. Dafür waren milchsaure Gemüse und vor allem Buttermilch, Quark oder Naturjoghurt erlaubt. Ich aß genau dasselbe wie Mark. Das Essen wurde, soweit möglich, in einem gemeinsamen Speiseraum eingenommen, und viele Angehörige richteten sich genau nach derselben Diät. Die Mahlzeiten waren abwechslungsreich und durchaus nicht einseitig. Nur wer als Nachtisch bisher Pudding, Schokolade oder Kuchen bevorzugt hatte, empfand am Anfang den Verzicht als Beeinträchtigung. Mark gewöhnte sich schnell daran, ohne den alten Genüssen allzu sehr nachzutrauern.

"Du brauchst nicht alles mitzuessen, nur weil ich jetzt diesen Plan einhalten muß," sagte er mehrmals zu mir, aber es machte mir überhaupt nichts aus.

"Ich halte es für ganz gesund, wenn auch ich mich nach diesem speziellen Ernährungsplan einmal richtig entschlakken kann," war meine aufrichtige Meinung.

Nur an der äußeren Anwendung nahm ich nicht teil.

Neben der milchsauren Ernährung wurde Marks Körper mit

Quark vollständig bedeckt und in Tücher eingewickelt, und diese mumienhafte Verpackung mußte die ganze Nacht über auf seinem Körper verbleiben.
Aufgabe dieser sogenannten Quarkwickel war, die Giftstoffe aus seinem Körper herauszuziehen und auszuscheiden. Die Sauermilch trocknete schließlich zu einer gipsartigen Masse. Am Morgen durfte Mark dann unter der Dusche die Rückstände vollständig abwaschen.
Zuerst registrierte er nur den unangenehmen Geruch, den die Milch durch den säuerlichen Zersetzungsprozeß auf der warmen Haut verbreitete. Aber nach dem Duschen fühlte er sich so gereinigt wie noch nie zuvor.
"Bis in die tiefsten Poren hinein. Wie nach einer langen Sauna," berichtete er begeistert. "Und wenn ich an die Strahlen und an das Wasserverbot im Medical Center denke, dann stinke ich lieber vom Quark als vom Puder, den ich nicht einmal abwaschen darf."
Der psychische Aufschwung wirkte sich bald auch körperlich aus.
Als Ergänzung der Ernährungsumstellung mußte Mark ein Milchsäurekonzentrat einnehmen, das die Wirkung der Übersäuerung der Körperzellen noch unterstützen sollte. Dr. Hatkins ging davon aus, daß Krebszellen durch Übersäuerung gezielt geschädigt werden könnten. Er unterhielt sich mit Mark über Forschungen auf dieser Grundlage. Es war eine richtige Teamarbeit, nicht Befehl auf der einen und Unterwerfung oder Ergebenheit auf der anderen Seite. Die Gewohnheit, mit der man im Allan Hospital die Patienten in ihre Behandlung miteinbezog, war wirklich beispielhaft. Dem psychischen Zustand der Erkrankten wurde große Bedeutung zugemessen.
Auch wenn manche Methoden auf den ersten Blick unkonventionell scheinen mochten, so konnten sie in Einzelfällen für den Erfolg doch eine wesentliche Unterstützung sein. Eine basierte auf der Erkenntnis, daß es sicher Menschen gab, die sich gedanklich in eine Krankheit hineinzusteigern vermochten. Die Psyche allein konnte also ausschlaggebend sein, daß eine in der Vorstellung gegebene Krankheit tatsächlich ausbrach. Wenn aber ein Mensch seine Erkrankung förmlich herbeizudenken vermochte, mußte es auch möglich

sein, mit Hilfe der Gedanken die Krankheit zu vertreiben. Mark gehörte einer Gruppe an, die in dieser Richtung experimentierte und eine Art von autogenem Training praktizierte.
Wie an den meisten anderen Aktivitäten nahm ich auch an diesem Kursus teil. Die Patienten mußten in vollkommener Konzentration den Angriff der Körperpolizei auf die eingedrungenen Krebszellen in ihre Vorstellung aufnehmen. Sie mußten verfolgen, wie die gesunden Abwehrzellen die entarteten Krebszellen umzingelten, besiegten und schließlich aus dem Körper hinaustransportierten. Sie mußten das Geschehen, das sich in ihren Körpern in jeder Sekunde und immer fortwährend abspielte, wie einen Film erleben, bewußt in ihren Gedanken nachvollziehen, mit aller geistigen Kraft unterstützen.
"Glaubst du, daß diese Sitzungen helfen?" fragte ich einmal.
"Ich weiß es nicht," antwortete Mark. "Jeder Mensch besteht aus einem Leib und einer Seele. Man sollte die geistigen Fähigkeiten nicht unterschätzen."
Er versäumte keine einzige Sitzung und versuchte die Konzentration seiner Gedanken als Pakt beim Abwehrkampf gegen den Krebs auch dann einzusetzen, wenn er allein war.
Manchmal fanden sich kleinere Gruppen unter der Anleitung von Experten auch zu Sitzungen zusammen, die lediglich dem allgemeinen Wohlbefinden dienen sollten. Während die einen malten oder musizierten, beschäftigten sich andere mit Töpfern oder sonstigen Basteleien. Mark entdeckte, daß er ein besonderes Talent zum Malen hatte.
Er fühlte sich zunehmend besser und konnte mit dem Fahrrad täglich weitere Strecken zurücklegen. Es waren noch keine sportlichen Höchstleistungen, und sie waren mit seinen früheren Ergebnissen in gesundem Zustand nicht entfernt zu vergleichen, aber wenn man seine Konstitution noch am Tag der Aufnahme in das Allan Institut bedachte, waren die Leistungen doch beachtlich und schon wieder ein enormer Fortschritt.
Rocco wurde entlassen. Er war nur vier Wochen stationär im Allan Hospital gewesen. In dieser Zeit hatte sich seine Situation von totaler Hoffnungslosigkeit in neu berechtigten Lebensmut gewandelt. Er hatte wieder eine reelle Chance.

Auch Marks Behandlung sollte in einem Zeitraum von vier Wochen abgeschlossen sein. Roccos Beispiel motivierte ihn zur Nachahmung ungeheuerlich.
Die größte Hoffnung setzten die Naturärzte auf ein Verfahren, in dem man eine Sauerstoffanreicherung des Blutes mit einer Überhitzung des Körpers verband. Diese kombinierte Sauerstoff-Wärmetherapie beruhte auf der Erfahrung, daß Krebszellen gegenüber Hitze empfindlicher und früher reagierten als gesunde Zellen. Inzwischen gab es Apparate, die die erforderliche Überwärmung des Körpers genau dosieren konnten, ohne gesunde Zellen in Mitleidenschaft zu ziehen. Außerdem hatte die Methode den Vorteil, daß sie keinerlei nachteilige Nebenwirkungen zeigte. Im Gegensatz zu den anderen Maßnahmen, die vor allem die Stärkung der körpereigenen Widerstandskraft zur Aufgabe hatten oder im psychisch-seelischen Bereich lagen, zielte diese Behandlungsmethode auf die Krebszellen ganz direkt. Das Allan Hospital war eine der wenigen Kliniken, die alle technischen Möglichkeiten zur Anwendung hatte und auf dem neuesten Stand der Forschung war. Mark wurde an jedem Vormittag der Behandlung unterzogen.
Ungefähr nach der Hälfte der veranschlagten Zeit stellte er fest, daß seine Reflexe, die zuletzt völlig verschwunden und im Medical Center nicht mehr meßbar gewesen waren, langsam wieder zurückkamen. Wenn er seine Beine entspannt übereinanderkreuzte und auf das obere Knie klopfte, schlug das Bein unwillkürlich aus. Auch das taube Gefühl war nicht mehr vorhanden.
Mark wertete diese Rückkehr seiner Reflexe als Zeichen, daß sein Körper sich erholte.
"Meinst du, daß ich die Therapien im St. Elizabeth Memorial überhaupt fortsetzen soll?" fragte er mich gegen Ende der Behandlungszeit.
Ich konnte ihm keine Antwort geben.
Offensichtlich hatte er während der Wochen im Allan Hospital lange und intensiv darüber nachgedacht, ob er die Strapazen der herkömmlichen Krebsbehandlung noch einmal auf sich nehmen solle. Und er war auch zu einem Ergebnis gelangt.
"Ich will nichts mehr davon wissen," sagte er. "Ich werde

zu allen Kontrollen gehen, zu allen Untersuchungen, aber die Chemotherapie werde ich ihnen verweigern. Es ist meine ganz persönliche Entscheidung, und ich muß selbst dafür einstehen."
Ich konnte ihm keine Ratschläge erteilen. Ich wollte es auch nicht. Gab es ein Argument gegen den Aufschwung, der unverkennbar war?
Mark trug sich sogar mit dem Gedanken, sein Studium an der Hale-Universität in Plainville wieder aufzunehmen.
"Irgendwann mußt ja auch du wieder arbeiten, und dein unbezahlter Urlaub kann auch nicht ewig dauern," überlegte er. "Ich werde mich zum Beginn des neuen Jahres wieder anmelden, einverstanden?"
"Glaubst du, daß du das schaffst?" fragte ich skeptisch.
Ich dachte an die Prognose, die Professor Dr. Barkley gestellt hatte und deren zufällige Ohrenzeugin ich geworden war. Auch Dr. Barkley hatte vom nächsten Jahr gesprochen, aber auf ganz andere Weise als jetzt Mark. Ich sah ihn an. Er schien Professor Dr. Barkleys Prognose auf der ganzen Linie zu widerlegen. Sein Aussehen war frischer geworden, die Blässe aus seinem Gesicht verschwunden. Um seine Augen lagen keine tiefen Schatten mehr.
"Ich kann nicht nur zu Hause herumsitzen," sagte er. "Das Herumsitzen und Abwarten macht mich trübsinnig."
Es mutete wirklich wie ein Wunder an, daß Mark sich in so kurzer Zeit wieder erholt hatte. In vier Wochen hatten die Ärzte des Allan Hospitals einen grandiosen Stillstand erreicht. Ohne die Zähne, die man ihm gezogen hatte, sah Mark zwar aus, als sei er in eine üble Schlägerei geraten und ziemlich lädiert daraus hervorgegangen, aber diesen Verlust seiner Schönheit (er hatte zuvor wirklich außergewöhnlich schöne Zähne gehabt) nahm er nicht sonderlich tragisch.
"Eishockey- oder Rugbyspieler sehen alle so aus," meinte er leichthin. Außerdem ließ sich diese Lücke mit einem Provisorium und später mit einem richtigen Zahnersatz ohne weiteres verdecken. Sein wüstes und furchterregendes Aussehen bekümmerte ihn sonderbarerweise überhaupt nicht, ja es schien ihn manchmal sogar zu belustigen. An Verunstaltungen aller Art hatte er sich inzwischen hinlänglich

gewöhnen müssen.
Als Mark sich nach vier Wochen von Dr. Hatkins und allen Patienten des Allan Hospitals, die schnell seine Freunde geworden waren, verabschiedete, steckte er voller neuer Pläne. Er sagte, daß er sich während der gesamten Zeit, seit die Krankheit ihn befallen hatte, noch nie so wohl gefühlt habe, und das war nun fast schon ein Dreivierteljahr her. Die Abschlußuntersuchung gab zu vorsichtigem Optimismus Anlaß. Es würde eben darauf ankommen, ob Marks Abwehrkräfte ausreichten. Niemand konnte das vorhersagen, aber Mark selbst war unerschütterlicher Hoffnung.
Er verbreitete so viel Zuversicht, daß bald auch ich und seine Eltern wieder an einen guten Ausgang glaubten. Schließlich konnte es bei allem Ernst der Lage und allen Sorgen immer noch möglich sein, daß Mark siegreich blieb. In jeder Statistik gab es Zahlen, die auf der positiven Seite standen. Warum sollte es nicht gerade Mark sein, der sich in letzter Minute noch auf diese Seite schlug, die gute Bilanz vervollständigte? Warum sollte die Wende nicht möglich sein?
Marks Heimkehr wurde zu einem großen Fest.
Die Nachbarn und Schulfreunde in Hyannis Port hatten eine tolle Fete arrangiert, mit Musik und Würstchen und einem Zelt für fast vierzig Personen.
Mark war über ihren Empfang sehr gerührt, aber die größte Überraschung war eine Tombola, deren Erlös, so hatten sie entschieden, in vollem Umfang mir zugute kam. Irgendwie hatte sich herumgesprochen, daß ich Urlaub ohne Bezahlung genommen hatte und allein Marks wegen augenblicklich ohne Einkommen war, und die Leute wollten mich auf diese Art und Weise ein wenig entschädigen. Nun lag es an mir, gerührt zu sein. Zuerst wollte ich das Geschenk nicht annehmen, aber Mark überzeugte mich davon, daß die Spender böse gewesen wären, wenn ich das Geld ausgeschlagen hätte.
Das Fest, an dem auch Marks Eltern und Marie-Louise teilnahmen, dauerte bis zum Morgen. Mark trank keinen Tropfen Alkohol. Er mied Süßigkeiten und alles, was er nach dem Ernährungsplan des Allan Hospitals nicht essen durfte, wie die Pest. Auch nach seiner Entlassung hielt er

sich weiter streng an diese Richtlinien. Zwar war er außerhalb des Hospitals dabei auf sich allein angewiesen und eher Versuchungen ausgesetzt, was die Sache erschwerte, aber ich unterstützte ihn mit voller Solidarität.
Kurze Zeit später meldete sich Mark endlich bei Dr. Jourdan an. Der Hausarzt führte die längst fälligen Blutentnahmen durch (Mark verschwieg natürlich seinen Aufenthalt im Allan Hospital und die dort schon vorgenommenen Blutuntersuchungen), und einige Tage danach erhielt Mark die schriftliche Mitteilung, daß nach dem Ergebnis des Laborberichts seiner Weiterbehandlung im St. Elizabeth Memorial nichts mehr entgegenstehe.
Dr. Jourdan eröffnete ihm in einem Brief diese Nachricht wie einen erfreulichen Lottogewinn. *Nachdem sich die Blutwerte annähernd wieder normalisiert haben, kann die Therapie im Medical Center ohne Bedenken wiederaufgenommen werden.*
Wahrscheinlich hatte Dr. Jourdan seine Mitteilung als Ermutigung gedacht. Um so irritierter war er, als Mark bei ihm auftauchte und die weitere Behandlung kategorisch ablehnte. Es war sicher ungewöhnlich, daß ein Patient in Marks Lage eine Klinikbehandlung ausschlug. War ihm das Risiko, das er mit seiner Ablehnung einging, eigentlich in voller Tragweite bewußt?
Mark blieb hartnäckig bei seinem einmal gefaßten Beschluß. Alle Kontrollen nahm er auf sich, alle Untersuchungen und Eingriffe, die der Überwachung dienten, zu einer neuen Chemo- oder Strahlentherapie aber war er nicht mehr zu bewegen.
Am Nachmittag desselben Tages rief Mark dann tatsächlich die Hale-Universität in Plainville an und meldete sich für das kommende Jahr zu seinem Studium zurück. Es war, als ob er seine Rückkehr ins normale Leben erzwingen wollte.
Auch ich gab der Klinik telefonisch bekannt, daß ich mit dem Beginn des nächsten Jahres meine Arbeit wiederaufnehmen wollte.
Die verbleibenden Wochen beschlossen wir zu leben, ohne an Marks Krankheit zu denken. Erlagen wir nicht einer traumhaften, unerfüllbaren Illusion?
Erstmals seit jenen Erholungswochen in Plainville zwischen

den Bestrahlungsserien sprach Mark wieder den Wunsch aus, ein Volleyballspiel zu besuchen. Die Mannschaft von Hyannis Port, in deren Reihen einige seiner früheren Klassenkameraden standen, spielte nur in der untersten Liga, aber darauf kam es nicht an. Er wollte wieder einmal die Atmosphäre eines Punktespiels erleben. Alle Spieler wußten natürlich, daß Mark einem hervorragenden Team angehörte, und sogar der Trainer war für seine sachkundige Beratung dankbar. Ich merkte, wie Mark aufblühte. Er war wieder in seinem Element. Er wurde um Rat gefragt, seine Stimme war wichtig, es ging um taktische Entscheidungen, um seinen qualifizierten Sachverstand, niemand kümmerte sich um seine Krankheit, die in dieser Umgebung und bei diesen Fragen völlig unbeachtlich und unwichtig war.
Vor einem Jahr hatte er selbst noch in blendender Form aktiv gespielt. Es war nur schwer vorstellbar, wie sehr sich sein Leben in dieser kurzen Zeitspanne verändert hatte. Vor einem Jahr hätte Mark nicht für möglich gehalten, ein Spiel auf der Zuschauertribüne zu verfolgen. Dann hatte er sich an diese neue Rolle gewöhnen müssen. Jetzt wollte er sie nicht mehr länger akzeptieren.
"In ein paar Monaten werde ich wieder mitmischen!" versprach er mir wild entschlossen. Er meinte das Spielfeld in der Sporthalle der Hale-Universität. "Ich werde mir meinen Stammplatz in der Mannschaft zurückholen, darauf kannst du dich verlassen. Sie müssen jetzt wieder voll mit mir rechnen."
Er verbannte den Krebs völlig aus seinem Bewußtsein. Er strich ihn einfach aus seinen Gedanken, aus seinen Zukunftsplänen, die Krankheit mit dem Namen Lymphogranulomatose hatte keine Berechtigung mehr.
"Weißt du, hier ist das Medical Center weit entfernt," sagte er mir. "Ich meine das nicht nur räumlich. Ich bin ganz sicher, daß es jetzt endgültig aufwärts geht."
Er wirkte vergnügt und guter Laune. Er war voller Tatkraft.
"Du wirst sehen, jetzt werde ich es packen."
Alle, die ihn kannten, wünschten ihm, daß die Talfahrt überwunden sei. Alle hofften mit ihm, daß er es geschafft habe. Wenn es nach der Gemeinschaft der guten Wünsche gegangen wäre, hätte der Krebs keine Chance gehabt.

XIV

Kurz vor Weihnachten kam plötzlich und unerwartet ein Fieberanfall. Gleichzeitig signalisierten die Blutwerte, die Dr. Jourdan regelmäßig kontrollierte, ernste Alarmzeichen. Er riet Mark dringend, das St. Elizabeth Memorial in Plainville aufzusuchen und sich gründlich untersuchen zu lassen. Auch ich drängte angesichts der besorgniserregenden Umstände auf eine sofortige Generaluntersuchung.
Mark wußte, daß Fieber ein unmißverständliches und nicht zu unterschätzendes Symptom war. War die Remission schon wieder zu Ende? Natürlich gab es auch andere, harmlose Ursachen, die Fieber auszulösen vermochten, aber die Wahrscheinlichkeit in seinem Fall war äußerst gering. Trotzdem klammerte sich jeder an diese anderen Möglichkeiten.
Mark selbst blickte der Realität gefaßt ins Auge. Wenn das Fieber und die verschlechterten Blutwerte, wie Dr. Jourdan befürchtete, wirklich den Beginn einer weiteren akuten Phase anzeigten, blieb ihm keine Alternative. Er mußte sehr betroffen sein, das ständige Auf und Ab war eine fast unerträgliche Nervenbelastung, dennoch wirkte er außerordentlich beherrscht. Ich konnte meine Angst wesentlich schlechter verbergen.
"Ich habe ja sowieso in Plainville weiterstudieren wollen, nun mache ich eben noch einen Umweg über das Memorial," sagte er scheinbar ungerührt. Es war ein Versuch, den Ernst der Lage abzuschwächen. Daß er jetzt, vollkommen überraschend, Weihnachten nicht zu Hause verbringen konnte, überging er einfach. Er hatte sich auf unser gemeinsames Fest im Kreis seiner Familie ganz besonders gefreut, aber da er jetzt schicksalhaft umdisponieren mußte, versuchte er dem Ereignis einfach keine besondere Bedeutung mehr zuzumessen. Es war seine persönliche Taktik, mit unangenehmen Dingen fertigzuwerden. Vielleicht wollte er seine Familie aber auch nur trösten, indem er tat, als könne er auf das Fest leicht verzichten.
"Im nächsten Jahr werden wir alles nachholen, was wir in diesem Jahr versäumen," sagte er ohne erkennbare Emotion, dann ging er hinauf auf sein Zimmer und packte den Koffer.

Der Gang in das St. Elizabeth Memorial Medical Center forderte Mark eine Menge Überwindung ab. Im Laufe der Zeit hatte er zu dem Zentrum für Krebstherapien eine Art Haßliebe entwickelt. Er wußte, daß er darauf angewiesen war, aber gegen nichts hatte er gleichzeitig eine größere Abneigung.

"Ich komme mir vor, als hätte ich im St. Elizabeth ein Appartement gemietet," sagte er ironisch, als er Schwester Bonaventura sah. Sie begrüßte ihn wie einen alten, liebgewonnenen Kunden.

"Das soll aber nicht heißen, daß ich einen Anspruch darauf erhebe," ergänzte er schnell. "Als ich das letzte Mal ausgezogen bin, habe ich den Vertrag gelöst, und ich habe nicht die Absicht, irgendwann wieder einzuziehen. Ich möchte mich nur vorsichtshalber untersuchen lassen."

Bis zu diesem Augenblick war Mark immer noch der Ansicht, daß die Untersuchung ambulant durchgeführt werden könnte. Nachdem Schwester Bonaventura den Grund seines Erscheinens erfahren hatte, holte sie ihn freilich jäh auf den Boden der Tatsachen zurück.

"Hast du deine Zahnbürste dabei?" fragte sie, ohne zu ahnen, welchen Schock sie damit anrichtete.

Noch einmal diese Mühle, noch einmal diese Prozeduren, oh nein!

"Soll das bedeuten, daß Sie mich hierbehalten wollen?"

Schwester Bonaventura lächelte freundlich.

"Du wirst doch nicht annehmen, daß wir dich mit Fieber laufenlassen, Mark!"

"Ich habe mich aber schon für das Weiterstudium angemeldet," widersprach er leise. Wie töricht sein Einwand war!

"Das Studium wirst du erst einmal verschieben müssen," sagte Schwester Bonaventura nachsichtig. "Deine Gesundheit ist doch vorrangig und wichtiger als das Studium, oder?"

Natürlich. Seine Gesundheit war viel wichtiger als sein Studium.

Mark war wie vor den Kopf geschlagen. Wieder stationäre Unterbringung. Er wußte, welche Torturen damit verbunden waren.

Er war nicht mehr in der Lage, sein Leben selbständig und

frei zu bestimmen. Die Krankheit durchkreuzte alle seine Planungen, nahm ihm die Zukunft aus der Hand, bestimmte alles. Er konnte nur noch reagieren. Es war selten, daß er seine Fassung zu verlieren drohte. Jetzt war ein solcher Augenblick. Unschlüssig stand er auf dem Gang der Station Osterberg, und er wußte doch genau, daß Flucht sinnlos war, daß ihm gar keine andere Wahl blieb als dazubleiben.
Zusammen holten wir seine Tasche aus dem Auto.
"Meldest du mich in der Universität wieder ab?" bat er mich niedergeschlagen.
Ich durfte meine Arbeit im St. Elizabeth vorzeitig wieder anfangen. So blieb ich mit Mark gleich auf der Station und ging ins Schwesternzimmer, um meine Arbeitskleidung anzuziehen. Es gab keine Schonfrist, keinen letzten Ausflug mehr, nicht einmal eine kurze Fahrt in die Stadt.
Schwester Bonaventura verständigte Dr. Lindbergh, der sofortige Röntgenaufnahmen anordnete. Sie ergaben eine neue apfelsinengroße Geschwulst hinter Marks linkem Lungenflügel. In der letzten Zeit hatte ihn ein ständiger Husten geplagt. Damit war die Erklärung gefunden. Das erneute Fortschreiten der Krankheit, nachdem vorübergehend doch Hoffnung auf einen anhaltenden Stillstand bestand, war niederschmetternd und traf ihn schwer. Gerade weil die Erholung so sensationell schien, fiel er nun um so tiefer.
"Du kennst dein Zimmer ja schon," sagte Schwester Bonaventura.
"Ja, ja, ich scheine wirklich ein Abonnement darauf zu haben," antwortete Mark. Er erkundigte sich nach Eric und George. Schwester Bonaventura zögerte einen Augenblick, bis sie sagte, daß Eric inzwischen gestorben war. George war ebenfalls entlassen worden und kam regelmäßig zu Kontrolluntersuchungen.
"Es geht ihm gut," erklärte Schwester Bonaventura. "Bestimmt wird er dich bei der nächsten Kontrolle besuchen. Ich werde ihm ausrichten, daß du wieder in eurem gemeinsamen Zimmer liegst."
Mark wunderte sich, daß Erics Tod ihn nicht mehr aus dem Gleichgewicht brachte. Er war nicht gefühlloser geworden, oh nein, und Eric war ein guter Freund gewesen. Aber wenn der Tod zum ständigen Begleiter wird, verliert er sein

Grauen und seinen Schrecken.
"Wo ist Eric gestorben?"
Schwester Bonaventura wußte keine näheren Einzelheiten.
War die Nachricht von Erics Tod nicht eine Meldung, mit der man eigentlich immer rechnen mußte? Dieses Mal Eric, morgen ein anderer? Kein Grund zur Verzweiflung? Mark fragte sich, ob seine Sachlichkeit nicht schon ein Zeichen von Resignation war. Wo das Sterben zur Normalität wird, kann auch die Gefahr bestehen, daß man sich damit anfreundet, sich nicht mehr auflehnt, den Kampf vorzeitig für verloren erklärt. Erics Tod war auch ein Zeichen der Ohnmacht.
Mark füllte seine Sachen aus der Tasche in den Schrank und auf die Konsole über dem Waschbecken. Langsam hatte er darin schon Routine erworben.
Alle Betten waren frisch bezogen und lagen unberührt. Nur einige persönliche Dinge in den Schrankfächern und auf den Nachttischen wiesen darauf hin, daß das Zimmer von Patienten belegt war. Sie waren offensichtlich über die Weihnachtsfeiertage nach Hause entlassen worden. Ich besuchte Mark in seinem Zimmer.
"Ich glaube, es ist eine Spezialität von mir, immer dann in der Klinik aufzukreuzen, wenn die anderen nach Hause dürfen," lästerte er. "An Ostern war das so, und jetzt am Heiligabend ist es wieder so. Ich wähle mir meine Termine wirklich exklusiv."
Zu dem Rückschlag, den er ohnehin verarbeiten mußte, gesellte sich die Leere der Station noch bedrückend hinzu.
In der solidarischen Nachbarschaft von Leidensgenossen hätte sich die Krankheit leichter ertragen lassen. Aber Mark beschwerte sich nicht. Und fast fröhlich vermerkte er, daß er mich ohne die anderen Patienten auf der Station jetzt sogar ganz für sich allein haben könne.
"Hauptsache, daß wir beisammen sind, das zählt am meisten," sagte er.
Ein einziger schwerkranker Patient in einem Zimmer am Ende des Korridors verbrachte den Vorweihnachtsabend ebenfalls in der Klinik. Er hatte seine ganze Familie zu Besuch. Ich ahnte, daß Mark sich in Gedanken damit beschäftigte, wie der Heilige Abend wohl bei ihm zu Hause

in Hyannis Port ausgesehen hätte. Doch er verlor auch hier auf der Station Osterberg kein einziges Wort darüber.
"Ich muß meine Eltern noch benachrichtigen," erinnerte er sich nur. "Ich habe ihnen versprochen, das Untersuchungsergebnis durchzugeben."
Er streifte sich seinen Bademantel über und suchte eine der öffentlichen Fernsprechzellen auf, die überall zwischen den Abteilungen aufgestellt waren.
In jedem Jahr, das war eine uralte Tradition, hatte seine Familie die Weihnachtsfeiertage gemeinsam verbracht. Es gab kein Jahr, in dem auch nur einer gefehlt hätte. Das gemeinsame Weihnachtsfest gehörte zu seinem Leben von Kindheit an. Mindestens einmal im Jahr, nämlich an Weihnachten, versammelten sich alle zu Hause in Hyannis Port. Es war ein Ritual, das nie hinweggedacht werden konnte, und er fehlte zum ersten Mal.
"Sie haben bei ihrer Suchaktion Erfolg gehabt, Mam," teilte er mit, ohne daß in seiner Stimme zu erkennen gewesen wäre, wie er es aufgenommen hatte. "Sie haben einen neuen Knoten aufgespürt, hinter der Lunge, aber ihr braucht euch deshalb nicht aufzuregen, ich habe ja noch mehr davon."
Er war häufig sarkastisch, wenn er von seiner Krankheit sprach.
Als er vom Telefonieren zurückkam, wartete ich immer noch auf ihn in seinem Zimmer. Da die Station nahezu leer war, hatte ich wenig zu tun. Mark wirkte wie geistesabwesend. Er zog seinen Bademantel aus und setzte sich aufs Bett, in Gedanken versunken.
Dann sagte er plötzlich und wie aus heiterem Himmel: "Komm, ich möchte dich in die Arme nehmen."
Ich setzte mich neben ihn, und er wollte mich mit beiden Armen zu sich heranziehen. Ein Hustenanfall verhinderte, daß er weitersprechen konnte, und zwang ihn, sich wieder von mir zu trennen. Er fiel rücklings auf das Bett zurück und versuchte mit dem Kissen den Anfall zu unterdrücken. Es gelang ihm nicht, und es hatte den Anschein, als ob er sich deswegen vor mir schämte.
Als er wieder zu Atem gekommen war, sagte er zum ersten Mal, seit ich ihn kannte: "Ich glaube nicht mehr, daß ich es schaffe."

Er sagte es mit solchem Ernst, daß ich erschrak.
Der nächste Vormittag brachte eine riesengroße Überraschung, mit der Mark nicht gerechnet hatte: Seine Eltern besuchten ihn im Medical Center. Sie hatten sich ganz kurzfristig zu dieser Flugreise entschlossen und gaben ihm als Erklärung, daß sie es nicht übers Herz gebracht hätten, ihn an Weihnachten allein zu lassen. Aber das war nicht die Wahrheit, und Mark mißtraute ihnen. Ihr Besuch mußte einen anderen, naheliegenderen Beweggrund haben.
"Ihr macht mir etwas vor," sagte er ruhig. "Ich bitte euch, mir niemals etwas vorzumachen. Ich brauche keine barmherzigen Lügen. Ihr seid gekommen, weil ihr glaubt, daß es kritisch um mich steht, und wahrscheinlich habt ihr recht. Aber davon wollen wir heute nicht reden."
Er war eifrig bemüht, die gedrückte Stimmung mit Späßen aufzuheitern, gab sich betont fröhlich, später schlug er vor, ein bißchen im Park spazierenzugehen. Gestern hatte er mir einen Augenblick lang offenbart, wie er wirklich dachte (und es nachher, als er meine Bestürzung sah, gleich wieder bereut). Diesen Fehler wollte er nicht wiederholen. Vermutlich hatten seine Eltern die weite Reise unternommen, um ihn zu trösten, ihm Beistand zu leisten, aber es war genau umgekehrt, sie waren es, die Trost und Beistand nötig hatten. Er durfte nicht vor ihnen klagen.
Während des Spaziergangs brauchte Mark seine ganze Kraft, um die Anstrengungen, die damit einhergingen, nicht zu zeigen. Ein Hustenreiz verfolgte ihn bei jedem Schritt, und Kurzatmigkeit zwang ihn häufig zu kleineren Pausen. So rasant seine Aufwärtsentwicklung gewesen war, so unvorstellbar schnell verlief jetzt plötzlich die Talfahrt.
Als seine Eltern am Abend des zweiten Weihnachtsfeiertages wieder nach Hause flogen, hatten sie allergrößte Sorgen, ob Mark auch dieses Tief noch einmal überstehen würde. Sein bissiger Kampfgeist, den er bisher immer in die Waagschale zu werfen vermochte, hatte gelitten. Der Krebs zehrte auch psychisch an seiner Substanz.
Die Ärzte hatten die Entscheidung über die weitere Therapie auf den ersten Werktag nach den Weihnachtsfeiertagen verschoben. Bis dahin erhielt Mark lediglich fiebersenkende Mittel.

Zwischen Weihnachten und Silvester kam ein Teil der Patienten, die vorübergehend entlassen worden waren, auf die Station zurück. Die anderen durften auch noch die Jahreswende bei ihren Familien verbringen. Zu ihnen gehörten Marks neue Zimmergenossen. Ich wußte, daß sie über zwei Wochen lang beurlaubt waren und sich erst nach Neujahr wieder auf Osterberg zurückmelden mußten.
Mark hatte nichts dagegen einzuwenden, daß er allein lag. Seit wir liiert waren, störte ihn manchmal die Anwesenheit von Zimmergenossen sogar, und solange die anderen Betten nicht besetzt waren, brauchten wir keine Rücksicht zu nehmen, wenn wir uns unterhalten wollten. Dieser Vorteil wog die fehlende Ablenkung bei weitem auf.
Mit der Zunahme der Stationsbelegung hatte ich allerdings wieder mehr zu tun, doch ich suchte Mark natürlich auf, so oft ich nur konnte.
Mit Mark ging es weiterhin abwärts. Professor Dr. Barkley hatte ihn nach Weihnachten eingehend untersucht und sich über das weitere Vorgehen mit Dr. Lindbergh beraten. Sie setzten auf eine Kombination verschiedener Zytostatika, aber es war eher ein Alibi, daß überhaupt eine Behandlung stattfand. Die Hoffnung, mit diesen Mitteln das Fortschreiten der Krankheit auf der ganzen Linie zum Stoppen zu bringen, war sehr gering.
Mark ließ die Infusionen fast apathisch über sich ergehen. In seinem Körper hatte sich in der letzten Zeit überall Wasser gebildet, und zeitweilig begannen seine Nieren zu versagen. Zum ersten Mal litt er starke Schmerzen.
Mark wußte, was das Auftreten von Schmerzen bedeutete. Die Hinterlist des Krebses besteht auch darin, daß er lange Zeit keine Schmerzen bereitet. Die Schmerzen kommen erst spät. Ganz am Schluß, im letzten Stadium.
Mark hatte sich immer vorgenommen, tapfer zu sein. Wenn erst einmal die Schmerzen kommen, will ich tapfer sein, hatte er sich eingehämmert. Er wußte über seine Krankheit genau Bescheid, er hatte medizinische Fachbücher studiert, er war zum Experten seiner Krankheit geworden, seine Kenntnisse waren denen mancher Ärzte außerhalb der Klinik vermutlich sogar überlegen. Er kannte sich aus, und jetzt war der Augenblick gekommen, die Phase, in der es tapfer

zu sein galt.
Es ist so verdammt schwer, tapfer zu sein!
Als Folge der giftigen Chemikalien gingen ihm wieder die Haare aus.
Erbrechen.
Schwindelgefühle.
Die Zahnlücken, die man ihm im Allan Hospital zugefügt hatte, gaben ihm zusätzlich ein furchterregendes Aussehen. Er hatte noch keine Zeit gefunden, sich neue Zähne einsetzen zu lassen.
Früher hatte ein Blick in den Spiegel ihn noch schockiert, er war über jede neue Verunstaltung bestürzt gewesen, deprimiert. Inzwischen hatte er sich längst damit abgefunden.
"Du mußt entschuldigen, daß ich so häßlich aussehe," bat er mich kleinlaut, "aber ich kann nichts ändern."
Die Chemotherapie brachte nicht den geringsten Erfolg. Mark verlor immer mehr an Gewicht. Sein Gesicht wirkte eingefallen und grau. Die Ausflüge auf den Korridor und in die Fernsehecke hatte er fast vollständig eingestellt. Er war so schwach, daß er nahezu den ganzen Tag über im Bett verbrachte. Sein Zustand war erschreckend, und er sah aus wie ein Greis.
Seit seiner neuerlichen Aufnahme unterlag Mark starken Stimmungsschwankungen. Auf der einen Seite hatte er seinen ursprünglichen Humor noch nicht verloren. Auf der anderen Seite war er jedoch in sich gekehrt, manchmal unansprechbar, und selbst ich hatte dann Mühe, ihn in ein Gespräch zu verwickeln.
Zweimal täglich holte Dr. Lindbergh mit einer Spritze bis zu mehreren Litern gelblich-trübe Flüssigkeit aus seinem Körper. Trotzdem sammelte sich immer wieder neues Wasser bis in den Brustraum hoch.
"Jetzt bin ich ganz genau dort, wo Mike damals gewesen ist," sagte Mark entmutigt.

Am Silvestermorgen besuchte ihn George. Er war gutgelaunt und sah blendend aus. Seit seiner Entlassung war kein Rückfall mehr eingetreten, und er war überzeugt, daß er das rettende Ufer endgültig erreicht hatte.
"Die Ergebnisse der Blutuntersuchung sind jedes Mal

fabelhaft," erzählte er.
Es war die letzte Kontrolluntersuchung, bevor er im neuen Jahr eine Stelle als Bauingenieur antrat. Er wohnte inzwischen mit einer Krankenschwester zusammen, die er während seines Aufenthalts im St. Elizabeth Memorial kennengelernt hatte, und die auch Mark noch bekannt war.
"Bei ihr bin ich in besten Händen," lachte George fröhlich. "Sie ist die einzige, die etwas von meiner Vergangenheit im Memorial weiß. Die anderen brauchen davon nichts zu erfahren."
Daß Eric gestorben war, hatte er bereits von Schwester Bonaventura gehört.
"Das mit Eric ist natürlich ein schwerer Schlag," meinte er, "aber ich versuche, mich davon zu distanzieren. Es hilft ja nichts, wenn ich darüber nachdenke."
Es schien, als ob er wirklich Glück habe.
"Ich gratuliere dir, du wirst es als einziger schaffen," sagte Mark. Er streckte George seine schwache Hand entgegen.
"Du wirst genauso davonkommen," prophezeite George.
"Weißt du, daß wir jetzt die beiden Letzten aus unserer Mannschaft sind?" fragte Mark. "Ich meine die Mannschaft, mit der wir im Frühjahr angefangen haben."
"Ja," erwiderte George, "ich habe auch schon daran gedacht. Es ist schon ein merkwürdiges Gefühl."
Einen Moment lang war er nachdenklich, dann holte ihn die Fröhlichkeit wieder ein.
"Gerade deshalb müssen wir ja die Fahne hochhalten," lachte er. "Du mußt dich eben noch ein bißchen anstrengen, ich habe auch eine ganze Weile gebraucht!"
Mark war nicht imstande, eine längere Unterhaltung durchzustehen. Das Sprechen fiel ihm schwer und war von häufigen Hustenanfällen unterbrochen.
Schwester Meredith streckte den Kopf zur Tür herein und schickte George zum Röntgen.
"In vier Wochen muß ich zur nächsten Kontrolluntersuchung kommen," sagte George. "Die Untersuchungen werden jetzt regelmäßig einmal im Monat vorgenommen. Dann werde ich dich wieder besuchen."
Er verabschiedete sich, indem er Mark mit der geballten Faust einen leichten Schlag gegen die Schulter gab.

Mark dachte nach. Gedanken kreisten in seinem Kopf.
Ja, überlegte er. In vier Wochen - welch eine lange Zeit.

Die Chemotherapie zeigte nicht einmal einen kleinen Erfolg, und die Ärzte waren dazu übergegangen, Mark zur Bekämpfung der Schmerzen Morphium zu verabreichen. Er verschlief die Hälfte des Tages und wachte nur sporadisch auf. Auch am Abend des Silvestertages lag er in tiefem Schlaf.
Da ich schon während der Weihnachtsfeiertage den Stationsdienst übernommen hatte, standen mir als Ausgleich an Silvester und Neujahr zwei freie Tage zu. Marks Zimmer war jedoch mein Stammplatz geworden, und obwohl er schlief, verbrachte ich die Stunden bis zum neuen Jahr fast unbeweglich neben ihm. Von draußen drangen nur selten ein paar Geräusche herein und durchbrachen die absolute Stille.
Ich hatte mein Verhältnis zu Mark auf die Dauer nicht verheimlichen können, und nach Schwester Bonaventura hatte auch Professor Dr. Barkley davon erfahren.
"Es sieht nicht gut aus, Jennifer," hatte er mir vor einigen Tagen gesagt. "Ich möchte ganz ehrlich sein: Nach menschlichem Ermessen gibt es keine Hoffnung mehr."
Dann hatte er mir mitfühlend den Arm um die Schulter gelegt. Ich war davongerannt, ins Schwesternzimmer, hatte mich auf die Liege geworfen und geweint.
Keine Hoffnung mehr?
Nach menschlichem Ermessen?
Was ist das schon: menschliches Ermessen!
Es gibt immer eine Hoffnung, irgendwie gibt es immer Hoffnung, bis zuletzt. Bis zuletzt!
Ich sah Mark ins Gesicht. Es hatte die Züge eines Greises, aber gleichzeitig schlief er unschuldig und ruhig wie ein Kind. Ich konnte nicht glauben, was Professor Dr. Barkley gesagt hatte. Es konnte, es durfte nicht wahr sein!
Marks Aussehen war kein Indiz. Es rührte von den Chemikalien her, die man in seinen Körper pumpte. Seine Haare würden wieder wachsen. Er würde sich wieder erholen. Er hatte sich schon so oft erholt!
Draußen stiegen die ersten Raketen in den nachtdunklen Himmel. Sie zogen einen feurigen Schweif hinter sich her,

zerfielen über den Bäumen in tausend bunte Farben. Von der Stadt herauf drangen Böllerschüsse.
Ich blickte auf die Uhr. Das alte Jahr näherte sich seinem Ende. Die Menschen bereiteten dem neuen Jahr einen glanzvollen Empfang.
Mark verschlief die Grenze zwischen den Jahren.
Vor einem Jahr hatte er in der Hale-Universität noch an einer übermütigen Silvesterparty teilgenommen. Als Pirat verkleidet. Nicht einmal eine Ahnung dessen, was unmittelbar vor ihm lag. Feuerwerk auch damals. Hochstimmung. Freude. Nur ein einziges kurzes Jahr zurück.
In Plainville und überall begannen die Glocken zu läuten. Die Menschen fielen sich um den Hals, erhoben die Gläser, wünschten sich alles Gute im neuen Jahr.
Mark sah kein Feuerwerk, er hörte keine Glocken.
Schwester Bonaventura hatte ihm Morphium gespritzt, und der Schlaf überdeckte barmherzig seine Schmerzen.
Ich trat ans Fenster und beobachtete die zahllosen Sterne, die aufgingen und wieder erloschen. Ich hörte das Geläut, das der Wind von der Stadt herauftrug.
Raketen.
Bunter Krawall.
Im Gegensatz zu allen Jahren vorher erschien mir der Aufwand an Geräuschen und Farbenpracht in dieser Nacht sinnlos. Die Stille der Station war eindringlicher als dieses ganze Getöse, die Schönheit des Feuerwerks weit entfernt. Mein Kopf war zu voll von Gedanken, um Gefallen zu finden. Ich wendete mich vom Fenster wieder ab.
Ein Wunsch, dieser einzige Wunsch genügte und beseelte auch mich: Mark muß leben! Er muß leben! Lieber Gott, laß ihn seine Krankheit besiegen!
Schwester Meredith kam herein, um mir ihre Glückwünsche für das neue Jahr auszusprechen.
"Schläft er?" fragte sie, auf Mark deutend.
"Ja," sagte ich, "schon den ganzen Abend."
Marks Gesicht war von einer friedlichen Ruhe erfüllt.
"Warum sitzt du dann hier, wenn er schläft?" wunderte sich Schwester Meredith. Sie wußte ja bisher nichts davon, daß meine Fürsorge für Mark über die meiner Berufspflicht hinausreichte. Jetzt hatte sie vermutlich einen Verdacht.

"Ich will warten, bis er aufwacht," sagte ich.
Als Meredith wieder gegangen war, setzte ich mich auf den Rand des Bettes, in dem Mark in das neue Jahr hineinschlummerte.
Ich zog die Schublade des Nachttischchens auf und fand obenauf die Aufzeichnungen, die er täglich sorgfältig führte. Normalerweise konnte ich meine Neugier bezähmen. Jetzt nahm ich das Tagebuch jedoch fast zwanghaft heraus und blätterte in den Seiten. Der letzte Eintrag stammte vom Silvestertag. Mark mußte ihn am Nachmittag geschrieben haben. Ich war überrascht. Die Zeilen richteten sich nämlich an mich persönlich, und sie begannen wie ein Brief.

Hallo, liebe Jennifer!
Ein schlimmes Jahr geht heute zu Ende. Aber ich will hier nicht über die Krankheit reden. Die gute Seite war, daß ich dich kennenlernen durfte. Leider waren die Umstände nicht gerade günstig. Ich hätte dich gern beim Tanzen kennengelernt, beim Sport oder am Meer. Eine Zeitlang habe ich geglaubt, daß wir auch so eine Chance haben. Manchmal habe ich wirklich an unsere Zukunft geglaubt.
Jetzt weiß ich, daß ich sterben muß. Ich will noch nicht sterben. Der Gedanke macht mir Angst. Am traurigsten bin ich aber, weil mein Traum von einem gemeinsamen Leben mit dir jetzt nicht mehr in Erfüllung gehen kann.
Wenn ich gesund gewesen wäre, hätte ich dich gefragt, ob du meine Frau werden willst. Nun werde ich dir die Frage nie stellen können.
Wenn du dieses Tagebuch liest, werde ich nicht mehr leben. Dann sollst du wenigstens wissen, daß ich dich sehr geliebt habe.
Dein Mark

Ich brauchte lange, bis ich das kleine Buch in die Schublade zurücklegen konnte. Ich war aufgewühlt und verzweifelt und den Tränen nahe.
Woher wußte Mark, daß seine Lage aussichtslos war?
Die Ärzte hatten ihm nichts gesagt, und ich selbst hatte mir nichts anmerken lassen, es war mir schwer genug gefallen.
Mark hatte mir kein einziges Mal mit Worten gesagt, daß er

mich liebte. Nun wußte ich, daß er es nicht gewagt hatte. Er hatte sich wegen seiner Krankheit nicht getraut...
Ich wollte ihn wachrütteln, aus dem Schlaf reißen, aus seiner Apathie, die unvorstellbar war und seinem Kampfgeist und seinem Kämpferherzen nicht würdig. Keine Prognose ist unumstößlich und unwiderlegbar! Angst schnürte mir die Kehle zu, Ohnmacht und Bestürzung und Verzweiflung. Nie war die Angst näher gewesen als jetzt bei dem Gedanken, daß Mark sich aufgab, das Ende selbst schon als Tatsache beschrieb. Nie war ich mir hilfloser vorgekommen als jetzt in diesem Augenblick zwischen den Jahren. Fast gleichzeitig aber reifte ein Gedanke, in den ich mich verbiß, je länger die Nacht andauerte, je länger ich mich damit beschäftigte, ein Entschluß, der alles mobilisierte, was an Gefühlen und Kraft noch in mir war.
Ich muß ihn herausfordern! Er muß weiterkämpfen, nicht nur für sich selbst, auch für mich!
Ich lächelte sogar, als ich den Entschluß gefaßt hatte. Er gab mir wieder ein bißchen Hoffnung. Meine ganze Person, aber auch alle Auflehnung war damit verbunden. Mit diesem Generalangriff, mit diesem massiven Einsatz meiner ganzen Zuversicht und meines grenzenlosen Vertrauens war das Schicksal noch zu schlagen, mit diesem Beweis hatten wir gemeinsam noch eine Chance. Und ich war bereit, die Entscheidungsschlacht mit allen Mitteln zu führen.
Die Stunden nach Mitternacht erschienen mir wie eine Ewigkeit. Mark erwachte erst gegen Morgen aus seiner Betäubung.
Er lächelte, als er mich auf seinem Bett erkannte. Während der ganzen Nacht seit dem frühen Abend hatte ich Wache gehalten. Trotzdem spürte ich die Müdigkeit kaum.
"Bist du schon lange da?" fragte er leise.
"Nein, " log ich, "ich bin erst vorhin gekommen."
"Wieviel Uhr ist es jetzt?" fragte er.
"Zwanzig Minuten vor fünf," sagte ich.
Dann erinnerte er sich, daß das neue Jahr bereits angefangen hatte.
"Du bist bestimmt bei mir gewesen, und ich habe den entscheidenden Zeitpunkt verschlafen," klagte er.
"Das ist doch ganz unwichtig," wehrte ich ab. "Dein Schlaf

war viel wichtiger."
Mark streckte seine Hand schwach unter der Bettdecke hervor. Er lächelte immer noch, aber es war ein mattes, resigniertes Lächeln: "Ich wünsche dir für das neue Jahr viel Glück."
Ich mußte gegen Tränen ankämpfen, die mir in die Augen steigen wollten, und ein trockener Kloß schnürte mir die Kehle zu. Ich ergriff seine Hand.
"Ich wünsche dir *und* mir viel Glück," sagte ich. *Uns beiden."*
Meine Stimme klang belegt.
Mark sah zur Decke, als ob er nachdenken würde. Er schüttelte seinen Kopf.
"Für mich ist dieser Neujahrstag der letzte, daran können auch Glückwünsche nichts mehr ändern," sagte er tonlos. Er sprach es ganz nüchtern, sachlich aus, nicht anders, als wenn er die Rennzahlen des vergangenen Wochenendes genannt hätte.
Wo ist dein unbeugsamer Optimismus geblieben, Mark! wollte ich rufen. Dein grenzenloser Siegeswille!
Ich hielt seine Hand fest in der meinen. Wie mußte es in seinem Innern aussehen...
"Ich habe in deinem Tagebuch gelesen, vorhin, als du geschlafen hast," gestand ich kleinmütig ein.
Mark erwiderte nichts darauf.
"Ich habe gelesen, was du auf der letzten Seite geschrieben hast," fuhr ich fort.
Mark sah unbeweglich zur Decke.
"Dann weißt du ja alles," sagte er nur.
Es entstand eine Pause. Draußen im Park und auf der Station war es vollkommen ruhig.
"Du wirst nicht sterben, Mark," sagte ich beschwörend. "Ich bin ganz sicher, daß du gewinnen wirst."
"Jeder Mensch muß einmal sterben," sagte Mark.
"Ja, aber du wirst nicht jetzt sterben. Das weiß ich sicher."
Woher nahm ich meine Gewißheit? Setzte ich nicht Wunschdenken an die Stelle der Realität? Gab es wirklich noch irgendeinen Rest an Hoffnung?
"Du brauchst mir nichts vorzumachen, Jennifer," sagte Mark, seine Hand immer noch mit meiner verbunden, "die

Ärzte wollen mir etwas vormachen, sie beschönigen, weichen aus, reden von weiteren Chancen. Wir brauchen uns nichts vorzumachen. Es gibt keine Chance mehr."
"Doch!" begehrte ich heftig auf. Es war fast wie ein Schrei. "Was soll ich allein ohne dich!" Ich hatte einen Entschluß gefaßt, in den letzten Stunden der Nacht darüber gegrübelt, sehnsüchtig auf Marks Erwachen gewartet, jetzt mußte ich ihm den Gedanken beibringen, ihn überzeugen, wir waren noch lange nicht am Ende angelangt!
Ich sah ihm ernst in sein blasses Gesicht.
"Ich möchte, daß wir heiraten."
Die Worte klangen so gelassen, daß Mark mich fassungslos anstarrte. Ich lächelte ihn an.
"Ich möchte dich heiraten," wiederholte ich. Es klang dieses Mal wie eine Beschwörung. Mark starrte mich immer noch an, als habe er mich nicht verstanden.
Dann konnte er die Bedeutung meines Antrags wahrscheinlich ermessen. Aber auch das ganze Ausmaß der Tragödie, in der er sich befand. Er rang hilflos nach einer Ausflucht.
"Ich kann dich nicht heiraten," sagte er mit einer Stimme, die mir fremd vorkam.
"Warum nicht?"
"Du bist verrückt, Jennifer."
"Wenn du gesund wärst, würdest du mich dann heiraten?"
"Ich bin aber nicht gesund. Und ich werde sterben, das weiß ich!"
Er löste seine Hand und ließ sich in das Kissen zurücksinken.
"Wir haben doch gar keine Zukunft, Jennifer..."
Er war unfähig, weiterzusprechen.
"Andere können irgendwann während ihrer Ehe krank werden, jederzeit, und du warst es eben vorher und bei deiner Hochzeit! Meinst du, ich will dich heiraten, nur um deine Witwe zu sein? Wir werden eine lange, glückliche Ehe führen!"
Mark schluckte.
"Manchmal hast du verrückte Einfälle, Jennifer, du mußt noch einmal darüber nachdenken. Nein, Jenni, das wird kein Mensch verstehen..."
"Würdest du mich heiraten, wenn du völlig gesund wärst?"

Mark erhob sich mühsam aus seinem Kissen.
"Ja, natürlich, dann... das wäre etwas ganz anderes."
Ich rückte näher zu ihm.
"Frage mich, ob ich dich heiraten möchte, Mark! Frage *du* mich, sonst werde *ich* dich fragen, und ich werde keine Ausrede gelten lassen, wenn sie sich auf deine Krankheit bezieht..."
Mark verbarg sein Gesicht hinter seinen Händen. Er schloß die Augen. Immer wieder schüttelte er seinen Kopf, als könne er seine Gefühle dadurch in der Gewalt halten, und ein Schluchzen erschütterte seinen Körper. Zum ersten Mal sah ich, daß Mark in meiner Anwesenheit weinte.
"Möchtest du meine Frau werden?" fragte er schließlich tränenüberströmt, nach einer ganzen Weile. Seine Hand hatte meine Hand wieder gesucht, und unsere Hände lagen ineinander.
"Ja," sagte ich. "Wir werden es schaffen, Mark."
Dann legte ich meinen Kopf auf seine Brust.
Seine Hände berührten mein Haar. Er fühlte sich müde und ohne Kraft.
"Wir müssen beide verrückt sein, Jenni," flüsterte er. "Wir sind alle beide verrückt."

XV

Die kleine Wallfahrtskapelle nahe bei St. Jeremy hatte noch nie eine größere Hochzeit gesehen. Neben Marks und meinen Eltern wohnten Professor Dr. Barkley, Dr. Lindbergh und Schwester Bonaventura dem Zeremoniell bei, und viele Schwestern aus anderen Abteilungen des St. Elizabeth Memorial, die an diesem Tag gerade keinen Dienst hatten, waren ebenfalls gekommen, um Zeugen des Ereignisses zu sein. In der kleinen Ortschaft, die vor allem von Bergarbeiterfamilien bewohnt wurde, hatte sich die Besonderheit schnell herumgesprochen, und viele Einwohner füllten die Kapelle bis auf den letzten Platz.
Als Professor Dr. Barkley meinen überraschenden Entschluß erfahren hatte, hatte er mich zu sich gebeten und noch einmal eindringlich gefragt, ob ich mir auch aller Konsequenzen, die mit meiner Entscheidung verbunden seien, bewußt sei.
"Mark wird nur noch wenige Monate leben," hatte er wiederholt und mich dabei sorgenvoll angesehen. "Willst du das alles auf dich nehmen?"
Ich muß ihm wohl sehr unvernünftig erscheinen, hatte ich gedacht und geantwortet: "Es gibt doch auch Wunder! Immer wieder gibt es Fälle von Selbstheilungen, die medizinisch nicht erklärbar sind!"
Danach hatte Professor Dr. Barkley aufgehört, mich zu bedrängen, und auch Oberarzt Dr. Lindbergh hatte keinen Versuch mehr unternommen, mich zu bewegen, meinen Entschluß noch einmal zu überdenken. Alle gratulierten mir, die Nachricht verbreitete sich in der Klinik wie ein Flächenbrand, und ich wurde von guten Wünschen geradezu überschwemmt.
Sogar meine Eltern, die mir wegen der aufgelösten Verbindung zu Frank viele Vorhaltungen gemacht hatten, verhielten sich großartig.
"Ich weiß selbst, welches Wagnis das bedeutet, und ich bin bereit, es einzugehen," hatte ich ihnen mitgeteilt. Daraufhin hatten sie meine Entscheidung nicht nur widerspruchslos akzeptiert, sondern mich in meinen Vorbereitungen auch in jeder erdenklichen Weise unterstützt.

"Es soll dein schönster Tag werden," hatten sie gesagt. "Wir haben uns diesen Tag, an dem du einmal heiratest, oft vorgestellt, und jetzt sollst du diesen Tag so feiern, daß du immer freudig daran zurückdenken wirst."
Auch ich hatte als junges Mädchen oft von meinem Hochzeitstag geträumt. Aber mit wievielen glorreichen Gedanken ist dieser Tag in meinen Träumen umrahmt gewesen!
Mark ist mit seinen Eltern am frühen Vormittag vom St. Elizabeth Memorial Medical Center zur Kapelle gefahren. Die Strecke vom Portal bis zum Altar legt er in ihrer Mitte langsam und mühevoll zu Fuß zurück. Vorn, vor den Stufen des Altars, hat man einen Rollstuhl bereitgestellt. Mark ist inzwischen so geschwächt, daß er die beschwerlich lange Dauer der Feierlichkeiten nur im Sitzen bewältigen kann.
Ich stehe neben dem Rollstuhl an seiner Seite, in einem schlichten, weißen Hochzeitskleid. Mark trägt einen dunklen Maßanzug.
Einige Male steht er auf, muß sich aber wieder zurücksetzen, weil seine Kräfte nachlassen. Es ist ihm peinlich, in einem Stuhl zu sitzen, während ich und alle anderen Menschen in der Kapelle stehen.
Der Priester redet davon, daß wir jetzt zusammengehören, bis der Tod uns scheidet.
Ich will nur daran denken, daß wir von diesem Augenblick an zusammengehören. Jetzt sind wir verheiratet, ein rechtmäßig verbundenes Ehepaar. Mark ist aufgestanden, obwohl es ihm schwerfällt, wir stecken uns gegenseitig die Ringe an, berühren uns an den Händen. Ich will die Worte nicht zu Ende denken: bis der Tod uns scheidet. Jede Braut denkt an diesem Tag an glückliche Tage, an eine glückliche Gemeinsamkeit, eine glückliche Zukunft. Ich will nichts anderes denken, nicht in diesem Augenblick.
Mark lächelt mir zu. Wir werden es schaffen.
Meine Gedanken werden zum Hilferuf und zum Gebet. Es gibt Wunder. Es gibt Heilungen, die kein Arzt erklären kann. Bitte, gib uns noch eine lange, glückliche Zeit!
Ich lächele zurück. Mark muß sich wieder in den Rollstuhl setzen. Er ist blaß, und sein Gesicht ist vom Cortison und den vielen Medikamenten unnatürlich aufgeschwemmt.
Aber ein Lächeln liegt auf seinem Gesicht.

Viele Menschen in der Kapelle bewundern den Mut, mit dem wir gegen das Schicksal antreten. Die beiden müssen es schaffen, sie müssen es einfach schaffen! Wenn es Wunder gibt, dann haben *sie* ein Wunder verdient! Ist - trotz aller widrigen Umstände - die Besiegelung unserer Liebe wirklich Mut? Oder Trotz? Beschwörung? Oder nur eine Selbstverständlichkeit?
Nach der Ansprache des Geistlichen steht Mark aus seinem Stuhl wieder auf. Den ganzen Rest der Feierlichkeiten bewältigt er stehend. Ich flüstere ihm zu, daß er sich doch setzen soll, niemand würde daran Anstoß nehmen, aber er bleibt stehen, ringt sich das Stehenbleiben jetzt ab, als wolle er vor aller Öffentlichkeit demonstrieren, daß er keineswegs am Ende ist, daß er den Kampf gegen den Krebs mit neuer Kraft aufgenommen hat. Es ist eine fast unglaubliche Energieleistung, die er vollbringt.
Nur Eingeweihte können diese Leistung ermessen.
Nach der Hochzeit halten die Schwestern und Ärzte des St. Elizabeth Memorial eine Überraschung bereit, die in der Geschichte der Klinik einmalig ist: Da Marks Therapie nur zu der Hochzeitsmesse kurzfristig unterbrochen werden konnte, haben die Schwestern mit Einwilligung von Professor Dr. Barkley den Aufenthaltsraum der Nachtschwester in ein Krankenzimmer umgewandelt, in dem Mark und ich nun gemeinsam wohnen können. Als Mark nach seiner Hochzeit auf die Station zurückkehrt, eröffnet ihm Schwester Bonaventura, daß er in der Zwischenzeit umgezogen ist.
In dem neuen Zimmer stehen zwei Betten unmittelbar nebeneinander. Marks persönliche Sachen sind bereits im Schrank und im Nachttisch eingeräumt.
"Als deine Ehefrau darf Jennifer ausnahmsweise bei Tag und bei Nacht künftig deine Pflege übernehmen," sagt Schwester Bonaventura lächelnd. Ich bin gerührt und sprachlos und vor dem Personal auch ein wenig verlegen. Das Zimmer ist ein riesiges Geschenk, mit dem ich nicht gerechnet habe.
Natürlich werden die freien Tage, die jeder Braut aus Anlaß ihrer Hochzeit zustehen, auch mir gewährt, aber da Mark ständiger stationärer Behandlung bedarf, verzichte ich darauf.

Noch am Nachmittag muß Dr. Lindbergh erneut Wasser aus Marks Rücken holen, das sich schon wieder bis in die Lungen angesammelt hat.
Trotzdem übersteht Mark seinen Hochzeitstag erstaunlich gut, und zum ersten Mal seit einiger Zeit überhaupt kommt er ohne Morphium aus. Das ganze Stationspersonal, das inzwischen über das normale Maß hinaus persönlich Anteil an seinem Schicksal nimmt, beginnt zu hoffen, daß er vielleicht doch noch einmal auf dem Weg der Besserung ist. Erstmals ist er wieder für längere Zeit aus dem Bett aufgestanden, und nachdem Dr. Lindbergh seine qualvolle Prozedur beendet hat, weigert sich Mark hartnäckig, im Bett liegenzubleiben. Er steht sofort wieder auf. Bis zum Abend verbringen wir gemeinsam mit unseren Eltern mehrere Stunden im Park. Wir unternehmen kurze Spaziergänge, bei denen er ehrgeizig das Tempo bestimmt, was durchaus nicht langsam ist, und obwohl er immer wieder Rast auf irgendeiner Bank einlegen muß (er verdeckt diese Schwäche jeweils mit taktisch meisterhaften Ablenkungsmanövern), scheint im Vergleich zu den zurückliegenden Wochen eine kleine Phase der Aufwärtsentwicklung tatsächlich erkennbar, auch wenn der Erfolg noch unbedeutend und nichtssagend sein mag. Er gibt sich wieder kämpferischer, das ist ein überaus positives Zeichen, noch einmal bricht sein Charakterzug, niemals vorzeitig aufzugeben, hervor. Alle beobachten es mit Freude, und ich setze meine ganze Hoffnung darauf.
"So sieht also die Hochzeitsnacht des Ehepaares Jennifer und Mark Oliver Ryan aus," befindet Mark am Abend sarkastisch. Nach dem ganzen Trubel und den Anstrengungen, die mit dem Hochzeitstag verbunden waren, hat er sich endlich ins Bett gelegt. Ich hantiere noch irgend etwas im Schrank. In dieser Stunde, in der wir zum ersten Mal an diesem Tag allein sind, droht er nun doch sentimental und traurig zu werden.
"Hast du schon einmal gehört, daß ein frischgebackenes Ehepaar seine Flitterwochen im Medical Center verbringt?"
Er lacht spöttisch. Die Schmerzen haben wieder zugenommen. Sein Rücken, aus dem Dr. Lindbergh ständig das Wasser holt, ist mit einem großen Heftpflaster bedeckt.

"Wir haben noch viele Hochzeitsnächte vor uns," sage ich. Ich lege mich quer über das Bett und küsse ihn. "Und unsere Flitterwochen können wir jederzeit nachholen, die laufen uns nicht davon."
Der Tag hat doch stark an Marks Kräften gezehrt. Erst jetzt kommt es zum Vorschein. Ich bemerke, daß er unter Schmerzen leidet, auch wenn er nicht davon redet.
"Willst du ein Schlafmittel?" frage ich. "Ich werde dir eines besorgen."
"Nein, danke!" reagiert er fast böse. Ich weiß, daß er Schmerzen haben muß, aber er will sie ungedämpft ertragen und wenigstens an diesem Tag nicht schwach vor mir erscheinen.
"Dein Ehemann kann nicht einmal mit dir schlafen," beklagt er sich. "Ich habe mir die Nacht nach meiner Hochzeit immer ganz anders vorgestellt."
Ich habe alle Mühe, ihn von weiteren Selbstvorwürfen abzuhalten.
"Ich kann doch warten," sage ich und lege meinen Kopf auf seine Brust. "Ich bin trotzdem glücklich. Irgendwann wird auch für uns ein schönes Leben beginnen."
"Wenn ein Patient umgezogen ist, hatte das bis jetzt immer schlechte Gründe," sinnt Mark, während er aus dem Fenster blickt. "Wenn sie einen Bewohner aus unserem Zimmer hinausfuhren, ist er nie zurückgekommen. Sie haben ihn in ein anderes Zimmer gestellt, weil wir nicht miterleben sollten, wie er stirbt. Nur bei Mike hat das nicht geklappt. Meinst du wirklich, daß sie uns ein eigenes Zimmer gegönnt hätten, wenn sie annehmen würden, daß ich davonkomme?"
"Ich liebe dich," sage ich fast flehentlich. "Denke nicht so einen Unsinn! Ich liebe dich!"
"Ich weiß, daß sie mir keine große Chance geben, aber du kannst beruhigt sein. Ich werde alles daransetzen, sie Lügen zu strafen."
Während ich zum Schrank zurückgehe und in mein Nachthemd schlüpfe, bemerke ich, daß Mark die Nachttischschublade aufzieht und sein Tagebuch herausholt.
"Willst du etwas schreiben?" frage ich.
"Ich schreibe alle Eindrücke auf, die ich heute gehabt habe," antwortet er. "Und dann muß ich auch mein Testament noch

verfassen. Jetzt bist du meine Frau, und wenn ich auch nicht viel besitze, muß ich doch dafür sorgen, daß dir alles gehört."
Mit welchen Gedanken er sich beschäftigt, jetzt um diese Stunde!
Nein, denke ich, er kann doch am Tag seiner Hochzeit nicht regeln wollen, wem er seine Sachen vererbt!
"Das hat doch Zeit, Mark, das kannst du noch später erledigen," schlage ich vor.
Aber er läßt sich nicht beirren.
"Ich will die wichtigen Dinge klären, solange mir die Zeit dazu noch bleibt," meint er starrsinnig, ohne aufzublicken. "Außerdem bin ich gleich fertig. Das Schreiben hat sowieso nur symbolische Bedeutung."
Als er fertig ist, legt er das Buch in den Nachttisch zurück.
"Siehst du, jetzt ist alles in Ordnung. Jetzt habe ich auch nach dem Gesetz für alles gesorgt. Ich freue mich, daß du bei mir bist. Ich liebe dich."
Ich krieche über das Bett und schmiege mich in seine Arme.
"Ein Testament ist eine schreckliche Angelegenheit! Ich habe nur Angst, daß du aufgeben willst. Ich möchte noch eine wunderbare Zeit mit dir verleben."
"Ja, das möchte ich auch," sagt er leise. "Ich gebe nicht auf."
Danach liegen wir eine Weile schweigend beieinander.
Draußen auf dem Korridor unterbricht der Ton der Alarmeinrichtung unsere Gedanken und die Stille der Station. Schwester Meredith eilt an unserem Zimmer vorbei. Irgendwo hat ein Patient nach Hilfe gerufen.
Der Alarm wird wieder abgeschaltet. Die Stille kehrt zurück.
"Ich weiß - eigentlich müßte ich glücklich sein," flüstert Mark an meinem Gesicht, "und ich bin es auch..."
Plötzlich beginnt er fast unmerklich zu schluchzen. Ich spüre es und richte mich auf. Ebenso unvermittelt hört er auf.
"Nein, bloß nicht weinen," flüstert er, "auf diese Art schaffe ich es nie!"
Er dreht sich mir entgegen.
"Ich will ja nicht jammern, ich will kämpfen, so gut ich kann, aber ich bin so machtlos. Ich kann gar nichts

bestimmen."
Wir halten einander lang und zärtlich umschlungen. Nur die Notbeleuchtung an der Tür erhellt ein wenig das Zimmer. Seine Hände streicheln liebevoll mein Gesicht.
"So möchte ich immer mit dir liegen," sagt er weich.
Dann weint er doch. Er will sich aus der Umarmung lösen, aber ich halte ihn fest. Das Schluchzen erschüttert seinen Körper, und er erscheint mir plötzlich schutzbedürftig wie ein kleines Kind.
"Ich bin kein Held, du mußt entschuldigen," bittet er, als er sich wieder ein bißchen gefangen hat, "ich weiß, daß ich stark sein müßte... Ich will dich nicht hergeben. Es ist so schrecklich, daran zu denken, daß ich dich vielleicht verlassen muß. Ich weiß nicht, warum ich so krank bin..."
Ich muß selbst gegen die Tränen ankämpfen. Ich schlinge meine Arme um seinen Hals und wundere mich, daß ich noch verständlich reden kann.
"Du wirst wieder gesund werden, Mark, und wir werden uns niemals verlassen."
Es klingt wie ein Schwur. Ich drücke mein Gesicht an seines und spüre die Tränen, die über seine eingefallenen Wangen hinabgelaufen sind.
"Ich möchte dich festhalten und nie mehr loslassen," flüstert er. "Es ist ein unbeschreibliches Gefühl, dich zu umarmen. Ich danke dir für alles, was du für mich tust. Es ist nicht leicht, einen kranken Mann zu haben."
"Ich habe den Mann, den ich liebe..." Meine Augen füllen sich mit Tränen. "Ich bin doch froh, daß ich dich habe!"
Mark ist an diesem Tag nun schon über fünfzehn Stunden ohne Schlaf. Eine solche Anstrengung hat er schon seit mehreren Wochen nicht mehr durchgehalten, und ich habe mich gewundert, daß er sich nicht einmal am Nachmittag hingelegt hat. Jetzt übermannt ihn mitten im Gespräch die Erschöpfung, und ich bemerke erst, als Mark keine Antwort mehr gibt, daß er in meinen Armen eingeschlafen ist.

Die nächsten Tage begannen verheißungsvoll. Mark zwang sich, nicht im Bett liegenzubleiben, aber er klagte darüber, daß er unendlich müde sei. Seine Eltern hatten in Plainville vorübergehend in einem Hotel Quartier bezogen und

besuchten ihn regelmäßig an jedem Nachmittag. Da ich dienstfrei hatte, konnten wir den ganzen Tag für persönliche Unternehmungen planen, doch die meisten, die Mark gern verwirklicht hätte, wären zu beschwerlich für ihn gewesen. Außerdem mußte er sich alle paar Stunden irgendwelchen Behandlungen auf der Station unterziehen. Er durfte sich also nicht lange entfernen und mußte immer in der näheren Umgebung erreichbar sein. Die Besserung im Vergleich zu den vergangenen Wochen bestand vor allem darin, daß er innerlich auflebte.
"Ich freue mich, daß ihr da seid!" sagte er einige Male, und er umarmte mich öffentlich, was er früher auch außerhalb der Station Osterberg nie getan hätte. Er hatte überhaupt ein großes Zärtlichkeitsbedürfnis, und seine Anhänglichkeit war rührend.
"Wie kann ich dir jemals vergelten, daß du deine Zeit für einen Invaliden opferst?" fragte er mich einmal zerknirscht.
Meine Antwort war selbstverständlich.
"Ganz einfach, indem du gesund wirst. Ich warte schließlich darauf, daß du mich endlich auf Händen trägst."
Mark erhielt Dutzende von Karten mit Glückwünschen. Es schien, als ob ganz Hyannis Port von seiner Hochzeit erfahren hätte. Alle Freunde und Bekannte schickten Genesungswünsche. So viel Post hatte er in seinem ganzen Leben noch nie empfangen.
Doch am dritten Tag kam der Niederschlag. Niemand war darauf vorbereitet, nachdem Mark zuletzt einen besseren Eindruck gemacht hatte.
Während eines Spazierganges im Park verlor er plötzlich das Bewußtsein. Weder Ärzten noch Schwestern gelang es, ihn zurückzuholen. Wir transportierten ihn gemeinsam auf einer Bahre vom Park aufs Zimmer zurück. Auf dem Korridor kam uns Schwester Bonaventura erschreckt entgegen.
"Er ist ohnmächtig geworden, ganz plötzlich!" sagte ich. Mein Gesicht war kreidebleich.
Niemand hatte eine konkrete Erklärung. Vielleicht hatte sich im Gehirn oder an einer anderen wichtigen Stelle ein neuer Knoten gebildet und die Sauerstoffversorgung unterbrochen. Professor Dr. Barkley war äußerst besorgt.
Als Mark wieder erwachte, wußte er von nichts. Er hatte an

den Spaziergang überhaupt keine Erinnerung mehr.
An seinem Kopf, mit dem er unglücklich auf dem Boden aufgeschlagen war, hatte sich ein großes Haematom gebildet. Die Ärzte nahmen eingehende Untersuchungen vor.
Ich erzählte Mark, daß er umgefallen sei.
"Es tut mir leid," stammelte er, "das wollte ich nicht."
Seine Lippen zitterten ein wenig. Er suchte meine Hand.
"Du brauchst mich aber trotzdem noch nicht abzuschreiben. Ich gebe noch nicht auf. Der Kampf geht weiter."
"Ja," sagte ich.
Ich war vollkommen verzweifelt.

Von diesem Augenblick an verfiel Mark des öfteren in ein tiefes Koma, und ich verlor alle Hoffnung. Manchmal war er geistig verwirrt, dann fehlte ihm jede Orientierung, andererseits hatte er aber auch Phasen, in denen er völlig klar war. Sein Befinden schwankte heftig auf und ab, und Professor Dr. Barkley bereitete mich behutsam darauf vor, daß ich jetzt mit dem Schlimmsten rechnen müsse.
"Wie ist es möglich, daß sich das Blatt so wendet, nachdem in den letzten Tagen doch eine deutliche Besserung eingetreten war?" fragte ich resigniert.
"Das ist durchaus nichts Außergewöhnliches, wir erleben das oft," erklärte Professor Dr. Barkley. "Beim Herannahen des Endes schaltet der Körper noch einmal alle Reserven ein, über die er verfügt, und vermittelt dadurch den Eindruck einer vermeintlichen Besserung. In Wirklichkeit aber verbraucht er damit seine letzten Kräfte, und danach kann er nichts mehr entgegensetzen."
"Gibt es noch irgendeine Hoffnung?" fragte ich tapfer.
"Nein," sagte Professor Dr. Barkley ohne den Versuch, etwas zu beschönigen. "Wir können nur noch seine Schmerzen lindern."
"Dann ist es meine Aufgabe, ihm das Sterben zu erleichtern," sagte ich fest. Ich hätte nie geglaubt, so diszipliniert bleiben zu können. Ich dankte Professor Dr. Barkley für seine Offenheit und ging zurück in das Zimmer, das auf der Station ganz allgemein das Hochzeitszimmer hieß. Der Gedanke, daß es nun zum Sterbezimmer werden würde, war furchtbar.

Mark lag wach. Dr. Lindbergh war bei ihm und legte irgendwelche Schläuche an seinen Körper an.
"Es besteht die Gefahr einer Selbstvergiftung," erklärte er. "Die Nieren verrichten ihre Arbeit nicht mehr ordentlich."
Ich bewegte mich wie in Trance, zum Weinen unfähig, die Ereignisse liefen an mir vorbei wie ein Film, den ich nicht verstand und auch nicht verstehen wollte.
Mark lag inmitten von Apparaturen und Schläuchen, ein bemitleidenswertes Opfer von Infusionsflaschen und Kontrollgeräten, er war noch mehr eingefallen und in sich zusammengesunken, aber er war voll bei Sinnen.
"Ich habe nachgedacht," sagte er, als Dr. Lindbergh das Zimmer verlassen hatte und wir wieder allein waren.
"Wenn es soweit ist, äh..." er stockte, "...will ich nicht allein sein..., ich will dich in meiner Nähe haben, verstehst du?"
"Ja, natürlich," erwiderte ich töricht. Dann erst wurde mir klar, was er gesagt hatte. Er zweifelte nicht mehr daran, daß er sterben mußte. Er hatte jede Hoffnung aufgegeben.
"Ich bin doch immer bei dir," sagte ich tonlos.
Wir wußten beide, wovon wir redeten, auch wenn wir es nicht direkt aussprachen.
"Dann ist es gut," sagte er fast fröhlich. Er zeigte eine unfaßbare Stärke.
"Zuerst habe ich gedacht, daß ich ungerecht behandelt werde," sagte er zwischen allen seinen Apparaten, "aber Mike und Eric und Sally sind auch nicht bevorzugt behandelt worden. Was gibt mir das Recht, eine bessere Behandlung zu verlangen?" Er erschauerte. "Ich habe Angst davor..., aber ich rede mir ein, daß so viele vor mir es schon geschafft haben. Ich hätte so gern gewonnen. Aber der Kampf ist aus..."
Ich war nicht imstande, irgend etwas zu sagen. Meine Kehle war wie zugeschnürt. Es wäre mir unehrenhaft vorgekommen, wenn ich ihm jetzt noch Optimismus vorgeheuchelt hätte, und wahrscheinlich hätte er mir ein solches Verhalten sogar übelgenommen.
"Du darfst den Zeitpunkt nicht versäumen," sagte er ein wenig zitternd.
"Ja," versprach ich. Was hätte ich sonst auch antworten sol-

len?
Es gibt kein Entfliehen, dachte ich. Wir haben alles versucht. Es hat nichts genutzt. Wir haben wirklich alles versucht.

Die Abstände, in denen Mark bei klarem Bewußtsein war, wurden geringer.
Ich war immer bei ihm, wenn er erwachte.
Er darf nie allein sein, dachte ich, keine einzige Minute, und hielt Wache fast rund um die Uhr, bis zur eigenen körperlichen Erschöpfung.
Die Ärzte hatten jede eigentliche Behandlung eingestellt und beschränkten sich darauf, die letzte Spanne seines Lebens erträglich zu gestalten.
Die absolute Machtlosigkeit war am schlimmsten. Und das Warten. Professor Dr. Barkley sagte, daß Mark jetzt in jedem Augenblick sterben konnte.
Das Wissen um diese Möglichkeit führte dazu, daß die Angst nun eine ständige Begleiterin wurde. Alle, die in Marks Zimmer eintraten, fürchteten sich davor, daß es bereits geschehen sein könnte.
Es war eine schreckliche Zeit des Bangens und merkwürdigerweise doch auch noch eines kleinen Restes von Hoffnung, die sich zwar nicht mehr mit der ärztlichen Kunst verband, aber um so mehr mit der übernatürlichen Existenz Gottes. Die wenigen Minuten, die ich mich aus Marks Zimmer hinauswagte, verbrachte ich überwiegend in der Klinikkapelle, um zu beten. Gott war die einzige Instanz, an die sich auch jetzt in dieser aussichtslosen Lage noch Hoffnung knüpfen ließ.
Mit dem Einbruch der Dunkelheit, wenn die Geschäftigkeit nachließ und die Station Osterberg noch stiller wurde, stieg eine unabweisbare Beklemmung herauf. Wenn das je ein Ende nimmt, dachte ich, wenn Mark wirklich sterben sollte, werde ich es nicht überstehen. Nachts kamen die Gedanken am schlimmsten, holten mich immer wieder ein. Ich konnte mir nicht vorstellen, jemals ohne Mark zu sein, obwohl wir ja noch nicht einmal richtig zusammengelebt hatten, ohne diese schreckliche Krankheit.
Einige Male eilte ich ganz plötzlich und fluchtartig in den

Park hinaus, aber sobald ich draußen war, außerhalb der Station, trieb mich panische Angst schon wieder zurück. Es hätte passieren können, jederzeit, in dieser Sekunde oder der nächsten, und ich hätte mir nie verzeihen können, wenn ich - sollte es geschehen sein - gerade in diesem Augenblick nicht bei ihm gewesen wäre. Ich hatte ihm geschworen, bei ihm zu sein, und es war meine aufrichtige Pflicht, ihm dieses letzte Versprechen zu erfüllen.

Sechs Tage sind seit der Hochzeit vergangen. Gestern hat Mark von sich aus nach dem Beistand eines Priesters verlangt. Die schwere Bürde, todkranke Patienten mit den letzten Sakramenten zu versehen, nimmt im St. Elizabeth Memorial Medical Center Pater Franklin wahr. Als er aus dem Krankenzimmer kam, hat er gesagt, daß Mark auf sein Sterben vorbereitet sei. Er sei außergewöhnlich tapfer und gefaßt und habe auf seinen eigenen Wunsch die Kommunion empfangen.
An diesem Tag ist Mark noch nicht zu sich gekommen. Seine Eltern warten draußen auf dem Korridor in der Besucherecke. Professor Dr. Barkley hat sie benachrichtigen lassen. Er war der Auffassung, daß sie auf Abruf bereit oder in der Klinik sein sollten.
Kurz vor Mitternacht öffnet Mark erstmals seine Augen. Ich liege vollständig angekleidet neben ihm und habe meine Arme um seinen Hals geschlungen. In den letzten Tagen habe ich mich davor gefürchtet, ihn sterben zu sehen, aber jetzt, so nahe dem Ende, empfinde ich seltsamerweise keine Angst. Alles Blut scheint aus meinen Adern gewichen und die Seele aus meinem Leib gerissen, aber dennoch scheint auch alle Kraft in mir gesammelt.
Als Mark mich erkennt, lächelt er mühsam.
Ist es Nachmittag - oder früher Morgen?
Die Zeit ist doch so gleichgültig. Es ist kurz vor Mitternacht. Er bewegt seine Zunge, versucht mir mit spröden, aufgesprungenen Lippen etwas Wichtiges zu erklären.
"Venedig," keucht er. "Bitte, Jenni, hilf mir... Venedig?"
"Ja," flüstere ich, ohne zu wissen, was er meint.
Er nickt und schließt wieder die Augen. Dann fällt er zurück in die Tiefe der Bewußtlosigkeit, ohne noch ein zweites Mal

zu sich zu kommen.
Ich habe seine kühlen, leblosen Hände in meine genommen. Seltsam. Ich hätte nie gedacht, daß ich imstande bin, so Übermenschliches zu leisten. Es fällt mir ein, daß der Gehörsinn als letzter schwindet.
Ohne seine Hände loszulassen, richte ich mich auf und beuge mich dicht über sein bleiches Gesicht.
Ich bin sicher, daß er mich hören kann.
"Ich liebe dich," sage ich. "Ich bin bei dir, Mark, und ich liebe dich. Ich werde dich mein ganzes Leben lang lieben."
Plötzlich verstehe ich, was er mir sagen wollte. Venedig!
Wir hatten uns einmal unterhalten, wo wir die Flitterwochen verbringen wollten, wenn er wieder gesund sein würde. Einige Orte waren im Gespräch gewesen, dabei war auch der Name Venedig gefallen. Er hatte sich entschieden, mit mir nach Venedig zu fahren...
"Oh, Mark! Du bist wunderbar, Mark! Du hast genau die richtige Wahl getroffen."
Ich rede mit ihm, ohne daß er antworten kann, nichts Besonderes, nichts Bedeutendes, doch ich bin sicher, daß er meine Stimme vernimmt, meine Liebe ist die einzige Botschaft, die ich ihm am Ende noch mitgeben kann.
Ein paar Minuten später stirbt Mark in meinen Armen.
Ich halte ihn fest und bin bei ihm, so wie ich es versprochen habe.

Danach war ich eine geraume Zeit unfähig, mich von ihm zu trennen.
Irgendwann stand ich auf und ging hinaus auf den Korridor. Marks Eltern sahen mir ahnungsvoll und mit erschreckten Augen entgegen.
"Ja, es ist soweit," sagte ich nur.
Dann fielen wir uns weinend in die Arme, und erst jetzt löste sich die Spannung, unter der wir alle in den letzten Tagen gestanden hatten.
"Er ist friedvoll gestorben," brachte ich schluchzend hervor. "Ich habe ihm gewünscht, daß er wenigstens friedvoll und ohne Schmerzen sterben darf."
Plötzlich war mein Leben leer, ohne Inhalt, ohne Aufgabe, ohne Zukunft, doch noch war ich unfähig, den Verlust zu

ermessen.
Während Marks Eltern hinüber in sein Sterbezimmer gingen, lief ich den Gang entlang zum Stationszimmer, wo Schwester Bonaventura den Nachtdienst verrichtete. In der Tür blieb ich stehen. Unversehens versagte mir die Stimme. Ich stand wie gelähmt, doch Schwester Bonaventura, die mein Kommen gehört hatte und mich anblickte, wußte auch so sofort Bescheid.
"Mark ist gestorben?" fragte sie leise.
"Ja," antwortete ich mit tränenerstickter Stimme. Dann endlich begann ich hemmungslos zu weinen.
Schwester Bonaventura benachrichtigte sofort telefonisch den Bereitschaftsarzt. Danach sagte sie, mich tröstend in die Arme nehmend: "Gott segne Mark und gebe ihm Frieden."
Der Arzt kam von einer anderen Station herüber und eilte auf dem Korridor an uns vorbei in Marks Zimmer. Kurz darauf kehrte er zurück, nickte schweigend und setzte sich an den Tisch im Stationszimmer, um die üblichen Formulare auszufüllen.
"Ich kann nicht glauben, daß Mark tot sein soll," schluchzte ich, "ich kann es einfach nicht glauben. Ich habe so oft zu Gott gebetet, Mark nicht sterben zu lassen. Er hat nicht darauf gehört." Ich schüttelte mich in kurzen, heftigen Weinkrämpfen.
"Kein Mensch kann Gottes Ratschluß erkennen," sagte Schwester Bonaventura. Sie drückte mich mitfühlend an sich. "Manchmal kann es für uns Menschen sehr schwer sein, den Willen Gottes zu verstehen. Auch ich verstehe ihn oft nicht. Aber jeder Tod hat seinen Sinn."
Schwester Bonaventura hatte schon eine Menge Leid gesehen. Trotzdem war ihr Glaube unerschütterlich. Auf irgendeine Weise gelang es mir, mit dem Weinen aufzuhören.
Ich packte Marks Habseligkeiten in seine Reisetasche und übergab sie seinen Eltern. Bestimmt konnten sie eine Verwendung für die Sachen finden. Nur Marks Tagebuch behielt ich für mich. Es war die kostbarste Erinnerung, die er mir hinterlassen hatte.
Marks letzter Eintrag stammte vom zweiten Tag nach unserer Hochzeit. Er enthielt die Erklärung, daß er seine Augen

und alle Organe, die vom Krebs nicht befallen waren, nach seinem Tod den Ärzten für Transplantationen zur Verfügung stelle. Er hatte mir gegenüber nie davon gesprochen, daß er seinen Körper für andere Patienten spenden wollte. Aber diese Anweisung entsprach genau seiner Einstellung, sie war für seine Nächstenliebe typisch, auch wenn nicht zu vermuten war, daß man von seinem Angebot Gebrauch machen würde.
Mit dieser Eintragung endeten seine Aufzeichnungen, die er bis dahin pedantisch genau und lückenlos täglich geführt hatte. In den drei letzten Tagen war er zum Schreiben dann nicht mehr fähig gewesen.
Ich führte sein Buch zu Ende.

Unter seinem Todestag trug ich folgenden Vermerk ein:

Mark hat seinen Kampf verloren. Er hat nie ein Held sein wollen. Aber er hat sein Schicksal heldenhaft getragen.
Jetzt ist alles vorbei, und ich kann mir nicht vorstellen, ohne ihn zu leben.

Es war noch nicht alles vorbei. Ein schlimmer Tag stand noch bevor, den ich fürchtete und der noch einmal meine ganze Kraft erforderte: Marks Begräbnis.
Der Gedächtnisgottesdienst wurde in derselben kleinen Wallfahrtskapelle gehalten, wo wir eine Woche zuvor geheiratet hatten. Viele Menschen, die unserer Hochzeit beigewohnt hatten, versammelten sich jetzt auf den Bänken, um von Mark Abschied zu nehmen. Es war sein ausdrücklicher Wunsch gewesen, dort beerdigt zu werden, wo ich seine Frau geworden war.
Professor Dr. Barkley und Dr. Lindbergh waren da, Schwester Bonaventura und viele andere Schwestern aus der Klinik. Eine Abordnung seiner Freunde aus Hyannis Port war herübergereist, und die gesamte Hale-Universitätsmannschaft aus Plainville einschließlich des Trainers erwies ihm mit ihrer Anwesenheit die letzte Ehre.
In seinem Tagebuch hatte Mark gebeten, daß man um seinen Tod kein großes Aufsehen machen solle, aber daran hielt sich niemand. Es war Trost und Ermutigung zugleich mit-

zuerleben, wie beliebt Mark überall gewesen war.
Der Geistliche hielt eine wirklich großartige und eindrucksvolle Predigt. Er sprach von Marks Tapferkeit und Geduld, mit denen er zum Vorbild für alle geworden war, von seinem Glauben und seiner Liebe. Er redete von Demut, und auch von der Unerforschlichkeit Gottes.
Nachher pilgerten alle hinaus auf den kleinen Friedhof am Fluß, und der Augenblick, in dem der Sarg in die Erde hinabgelassen wurde, war in seiner Endgültigkeit der schmerzhafteste in meinem Leben. Bis dahin hatte Mark noch körperlich bei mir geweilt, die Nähe, das Gefühl seiner Anwesenheit war noch nicht verloren - nun erst war er für immer von mir gegangen.
Nach der Beerdigung fand eine kleine Feier statt. Marks Freunde aus Hyannis Port überlegten, wie sie etwas für ihn tun könnten, und schlugen vor, zu seinem Gedenken jährlich ein Volleyballturnier zu organisieren, das seinen Namen tragen sollte.
"Auf diese Weise wird er für alle fortleben, und er bleibt immer unter uns."
Es wurden auch andere Vorschläge gemacht und darüber abgestimmt. Alle votierten einstimmig für das Turnier. Der Erlös sollte dem Farwell Institut zugute kommen, einer bekannten Forschungseinrichtung, die sich den Kampf gegen den Krebs zum Ziel gesetzt hatte.
Nach der Feier gingen alle allmählich wieder auseinander. Marks Eltern drückten mich noch einmal an sich und verabschiedeten sich mit der Feststellung: "Du hast zwar Mark verloren, aber nicht uns. Denke daran - wir bleiben deine Familie, solange wir leben und du es willst."
Noch konnte ich es nicht begreifen:
Der Mittelpunkt meiner Welt, um den sich so lange alles gedreht hatte, war plötzlich und unwiderruflich von mir genommen. Der Platz, den Mark eingenommen hatte, war nicht mehr besetzt. Mark hatte mich vollkommen ausgefüllt, und ich wußte, daß mein Leben nach seinem Tod nie wieder so sein würde wie früher.

Nachsatz

Drei Jahre nach Marks Tod will ich Jennifer im St. Elizabeth Memorial Medical Center aufsuchen. Von Schwester Bonaventura erfahre ich, daß sie nicht mehr in der Klinik beschäftigt ist. Nach einigen Nachforschungen finde ich sie schließlich in einem Heim am Stadtrand von Plainville, wo sie behinderte Kinder betreut.
"Ja, ich habe in der Klinik aufgehört," erzählt sie. "Die Arbeit hier ist bestimmt nicht einfacher, aber ich sehe die Kinder wenigstens nicht sterben."
Vor kurzem hat sich auch Frank wieder bei ihr gemeldet. Er ist inzwischen als medizinischer Leiter im Geschäft seines Vaters tätig und hat seinen Heiratsantrag erneuert. Doch sie hat noch einmal abgelehnt.
"Wie könnte ich ein neues Leben ohne Mark beginnen?" fragt sie. "Ich werde immer mit Mark verheiratet sein, auch wenn wir jetzt äußerlich getrennt sind."
Einmal jährlich nimmt sie als Ehrengast an dem Gedächtnisturnier in Hyannis Port teil. Der Mark-Ryan-Cup ist ein großer Erfolg geworden, und dem Farwell Institut kann jedes Mal ein ansehnlicher Betrag überwiesen werden.

Klaus-Peter Becker

Die sensible junge Krankenschwester Jennifer arbeitet erst seit kurzem auf der Krebsstation des "St. Elizabeth Memorial Center". Eines Tages wird der Student Mark eingeliefert. Der erfolgreiche und umschwärmte Sportler war beim Volleyballspiel plötzlich zusammengebrochen. Nachdem er sich verschiedenen Untersuchungen unterzogen hat, wirds die Vermutung zur schrecklichen Gewißheit: er hat Lymphdrüsenkrebs. Seine einzige Chance liegt in der Strahlentherapie; voll Angst, aber auch voll Zuversicht, schickt er sich in das Unvermeidliche.
Jennifer lernt ihn im freudlosen Krankenhausalltag kennen, und schon bald stellt sie fest, daß ihr Anteilnahme an seinem Schicksal weit über ihr übliches Maß an Mitgefühl hinausgeht. Auch Mark verliebt sich in sie; nach anfänglichen Zögern lassen beide ihre Bedenken fallen.

Alle Liebe und Hoffnung

ist mehr als ein Roman:
Dieser bewegende Bericht entstand nach
Tagebuchaufzeichnungen.
Klaus-Peter Becker erzählt die authentische Geschichte
einer scheinbar aussichtslosen Liebe zwischen dem
krebskranken Studenten Mark und der jungen Kranken-
schwester Jennifer.

Gemeinsam setzen die beiden der Krankheit ungeahnte
Kräfte entgegen:

eine außergewöhnliche -
eine alltägliche Geschichte.

ISBN 3-929885-13-1 DM 19,80